# 日常的弦歌

西南联大的回响

王尧 著

译林出版社

图书在版编目（CIP）数据

日常的弦歌：西南联大的回响 / 王尧著. —南京：译林出版社，2023.1
（王尧作品）
ISBN 978-7-5447-8892-2

Ⅰ.①日… Ⅱ.①王… Ⅲ.①散文集－中国－当代 Ⅳ.①I267

中国版本图书馆 CIP 数据核字（2021）第 211569 号

**日常的弦歌：西南联大的回响　王　尧／著**

责任编辑　魏　玮
装帧设计　一亩幻想
校　　对　戴小娥　王　敏
责任印制　颜　亮

出版发行　译林出版社
地　　址　南京市湖南路 1 号 A 楼
邮　　箱　yilin@yilin.com
网　　址　www.yilin.com
市场热线　025-86633278
排　　版　南京展望文化发展有限公司
印　　刷　南京新世纪联盟印务有限公司
开　　本　880 毫米 ×1230 毫米　1/32
印　　张　7.375
插　　页　4
版　　次　2023 年 1 月第 1 版
印　　次　2023 年 1 月第 1 次印刷
书　　号　ISBN 978-7-5447-8892-2
定　　价　62.00 元

西南联大校门

西南联大三常委
左起：清华大学校长梅贻琦、北京大学校长蒋梦麟、
南开大学校长张伯苓

## 弁言

“国立西南联合大学”[1]终于成为一部传奇，而且似乎是不可再生的传奇。——最早将西南联大定义为“传奇故事”的大概是费正清的弟子易社强。

易社强从1973年开始关注和研究西南联大，其英文著作《战争与革命中的西南联大》于1998年由斯坦福大学出版社出版，在这本著作的导言中，易社强说：“传奇故事早已过时……（但）联大以壮伟的漫漫长征开始，以数年的刚毅坚卓为之继，

1　本书的叙述内容时间段在1949年以前。相关叙述里，机构名称、职务名称等均为特定历史时期的名称。

以掺杂着悲剧的成果告终。这无疑是传奇的材料。”我们今天读到的关于西南联大的很多著述，确实弥漫着传奇色彩。

传奇故事背后的精神是什么？这位史学家接下来追问的是：“然而，假如联大仅仅是一段妙趣横生的传奇，那最好由小说家来承担这个任务。之所以有必要从历史学的角度研究联大，是因为它在二十世纪中叶的中国知识史（intellectual history）、文化史和政治史上占据了至关重要的地位。联大兼具传统模式和自由理念，同其他国立大学一样，它既有世界性的背景，也有地方情境。逾越中国的疆域，联大提出了普世性的重大问题：在什么条件下，可以孕育并坚持通才教育？促使一所大学完成使命的内在动力是什么？”这位美国学者进入传奇故事后越来越意识到：联大人的思想与心情有异乎寻常的人格魅力。

1942年在昆明逗留了几天再往重庆的费正清，由西南联大教授们的贫困状况深刻意识到了这里是一个希望与绝望并存的地方：“他们正在顽强地战斗，但是不可能持续太长时间。你可以想象这种情况——这里充斥着绝望、悲惨、勇敢面对、互相支持以及思想与行动逐渐衰退。”费正清特别担心的大概是思想与行动逐渐衰退。他特别关注西南联大中原清华大学的教员，这些留美归国的中国学术精英，“如今却陷入了精神和物质的双重困境中”。在后来关于西南联大的叙述中，绝望、思想与行动的衰退则鲜有提及。

我和易社强一样赞同这个观念：“一部缺乏人物，只有数量化的非人性力量交互作用的史书，必然是一部干瘪苍白的历史，不仅缺乏可读性，而且，根本上会更不准确，因为它忽略了鲜活的经历。”——我因此想回到联大人物的日常生活中，回到他们鲜活的经历中，去聆听日常的弦歌。

目录

/

# 支柱艰危的
# 『孤臣孽子』

郑天挺

## 一

1937年12月14日，郑天挺（字毅生）抵达长沙，这一天晴暄和暖。

在北平与北大同人困守四个月后，郑天挺和罗常培、魏建功、陈雪屏、罗庸等最后一批离开北平往北京大学的“交通站”天津。这是三十年代大学长征的一条路径，郑天挺在日记中用极简的文字叙述了他们抵达长沙的路线：“离北平，经天津，至香港，入梧州，取道贵县、柳州、桂林、衡阳而达长沙。”一路的艰辛都在这句话中省略了。

十年以后，1948年北大五十周年时，罗常培追忆北平沦陷后已成“残局”的北大，为纪念特刊撰文《七七事变后北大的残局》。在这篇文章中，罗常培特地提到在7月29日到10月19日的几个月中，“最值得佩服”的是北京大学秘书长郑天挺：“自从‘七二九’以后北大三院两处的重责都丛集在他一个人的身上。他除去支应敌寇汉奸的压迫外，还得筹划员工的生活、校产的保管和教授们的安全。别人都替他担心焦急，他却始终指挥若定，沉着应变。一班老朋友戏比他为诸葛武侯，他虽逊谢不遑，实际上绝不是过分的推崇。”

“驻足衡山湘水，又成离别。”1938年1月10日中午，顾毓琇（字一樵）告诉郑天挺长沙临时大学将迁往昆明，由蒋梦麟（号孟邻）先往筹备。郑天挺日记中说：“此孟邻师昨日下午谒奉化所决定也。”第二天，傅斯年（字孟真）来访时也谈到临时大学迁昆明后将请蒋梦麟担任校长，消息的来源是：“此事孟真闻之陈之迈，之迈闻之顾一樵。”此时的傅斯年已经意识到北大、清华、南开三校之间需要有人调停，以为周炳琳（字枚荪）是合适人选，郑天挺非常赞成。但后来，这调停三校的责任落在郑天挺肩上。

周枚荪当时已是德高望重者，跨学界与政界。这位在北大法科经济门读书的学生，“五四运动”时是全国学生联合会秘书长，参加少年中国学会，组织北大马克思学说研究会，留学归国后，任教北大经济系，又曾任武汉商科大学教授。1931年，蒋梦麟掌北京大学，周枚荪受邀再回北大任教。1937年春，蔡元培推荐周枚荪任教育部常务次长，北大、清华、南开迁往长沙成立临时大学，便是周枚荪的建议。

隔了几日，1月14日，郑天挺日记云："上午孟邻师自汉口归，临时大学决迁昆明。"19日，郑天挺下课后去见蒋梦麟，已经谈到临时大学迁往昆明后的人事布局：周枚荪为总务长，潘光旦为教务长，黄子坚为建设长，胡适为文学院院长，吴正之为理学院院长，方显庭为法商学院院长，施嘉炀为工学院院长。在23日的全体教职员茶会上，梅贻琦向大家报告迁滇办法。当日晚，蒋梦麟嘱咐郑天挺早日入滇。此时长沙战事已紧，想必郑天挺他们已经想象到在昆明办学的情景，夜间九点多还和魏建功几位同人至饶香居吃了一碗长沙最负盛名的馄饨。

身为北大秘书长的郑天挺已经开始接洽自湘入滇的车辆，准备26日与章廷谦、魏建功、罗常培、陈雪屏诸人同行。24日晚上八点，北大开临时校务会议报告迁滇并设迁滇办事处，并让郑天挺担任总务。郑天挺在日记中说："此次南来，决意读书，以事务相强，殊非所望。"郑天挺这样的角色冲突，在到达昆明之后更为强烈。在准备离开长沙的前一天上午，郑天挺已致信友人在昆明代觅房舍，下午四时，获悉汉口来函："教育部当局于迁滇一事尚有异议，孟邻师决缓行，吾辈行期亦改。"易社强在他的著作《战争与革命中的西南联大》中详细叙述了产生“异议”的原委。

决意读书的郑天挺在缓行昆明后的数日气定神闲阅读古籍。26日上午检《资治通鉴》。27日上午读《通鉴》，这一天傅斯年赠所藏《新旧唐书合钞》初印本，下午逛古玩旧书店，得“定有知音”嘉庆壬申年旧印一方。在27日的日记中，郑天挺还写下了自己的心得：“今日偶思及规划筹谋，不患不精明而患不周密，不难于忠尽而难于无私。凡事不可有我，而不可无人。”读完《郑天挺西南联大日记》后再随意翻阅，我突然觉得郑天挺的这句话仿佛是他一生的旋律。

1月30日，是除夕夜。晚上校中同人聚餐，有二十四人之多，除蒋梦麟夫妇、江泽涵夫妇、李麇寿夫妇，其他同人家属均留北平。郑天挺感慨道：“非离乱之际，除夕不能有此盛会也。余自有生以来，未尝在客中度岁，亦从无除夕元旦不祭祖者，思之惶忼。”1938年1月30日的日记记载了这个细节。聚餐之后，罗庸约他度岁，十点半归校后，又与罗常培几人作西洋叶子戏，到凌晨五点始散。

除夕和正月初一两天可能是郑天挺近年来最放松的日子，初一上午十点起床后，与蒋梦麟、杨振声、叶公超等几位闲谈；中午，他念及“诸儿必在祭祖上供，小子千里远客，不能礼拜，乃遥望默祝”；午饭后与罗常培谈治史；下午偷闲检阅《新旧唐书合钞》，姚从吾来访，向郑天挺出示了去年湖南《力报》11月连载的《沦陷后之平津》，其中有“北大之郑某支柱艰危，为孤臣孽子，忍辱负重”等语。

郑天挺读到《力报》此语时，心理当会有所慰藉，想必心中又再次遥望北平。郑天挺在日记中有时也会发出感慨，但在抄录这段文字时，他的笔节制得不着一字，他自始至终都把自己放在平常的位置。我不知道此时的郑天挺是否想再次“支柱艰危”。从长沙到昆明再到蒙自后，郑天挺除了管理日常事务外，多数时间都在读书。他在学术与行政之间的徘徊几乎是一生的矛盾。在昆明他曾经和蒋梦麟说想专心学术，但终其一生，郑天挺都被行政纠缠，这位明清史的大家，如果不是战乱，不是兼职行政，当会有更大的成就。

5月的蒙自忽阴忽晴，21日夜间下起大雨，22日上午郑天挺雨中闲庭信步，在日记中留下了最有诗情画意的一页："九时冒大雨至崧岛，张伞沿堤缓行，四顾无人，别饶野趣，自以为画图中人也。近岛，见从吾张伞、宾四戴笠在前，择路而趣，余又为看画图者矣。"

在艰危的时局中，这只是一刹那的风景。8月15日，郑天挺离开蒙自，经昆明转河内往香港再转赴上海为表哥治丧。在蒙自往昆明的道中，晚间投宿于大东旅社。郑天挺3月到云南后九次往还于滇越公路，在大东旅社投宿四次。躺在床上的郑天挺问自己：栖栖遑遑，何补于国，何利于民，更何益于心身学问？

这一夜，郑天挺思之怅惘。

## 二

1938年2月4日这一天，长沙大雨，冰雹纷落，间或雷响。去年的今日，郑天挺夫人周稚眉入德国医院。郑天挺在日记中说：思之黯然，热泪欲出。

在此后的几日中，郑天挺几乎沉湎在追思夫人的哀痛之中。2月6日是夫人周年忌日，郑天挺竟日未出，思绪万千："此一年中，春间则晟、昜两儿病猩红热；夏秋则危城孤守，苦撑残局；及冬，复离家远征。忧难相寻，无可告语。每当谈笑极欢，或危患卒至，恍若君犹在室，及一凝思，始觉隔世。此情此景，最为神伤。"当日罗常培、罗庸、陈雪屏、魏建功几位数度来敲门，罗庸约郑天挺出门吃面条，罗常培也往返几次约往校外便餐，郑天挺都推迟了。晚饭时间过后，罗庸再来约谈，郑天挺才和罗常培、陈雪屏、魏建功一同出门。当晚，罗庸以近作相示诸友人，郑天挺特地在日记中抄录了这首颇能反映他们征程与心境的诗："寂历蛮荒道，间关犯雾行。偷生馀半壁，忍泪望中兴。亲舍空云海，家书匿姓名。戈声惊独夜，万马正东征。"这一夜，郑天挺"反侧不寐，泪沾衾茵"。每逢夫人的忌日，郑天挺都会在日记中记下自己黯然、怅然、凄然的心情。

元宵节的前夕，郑天挺和姚从吾、魏建功等踏月登天心阁，他又触景生情："忆及民国十一年元宵节，与稚眉夫人登新世界，不禁怃然。"郑天挺追思夫人和先人的文字散见在日记中："今日清明，北平不知情形何若。想儿辈又不能出城上坟，思之怆然。"（1938年4月5日日记）"今日为先妣陆太夫人冥寿，昨晚枕上计之，正七十岁矣。月前函告诸儿至期上供，但未告以七十冥寿，不知家中备理如何，客中惟北望默祷耳。"（1938年5月13日日记）6月2日是端午节，郑天挺在日记中又记"凄然"——"去年今日祭祖毕，诸儿为余贺节，余念稚眉夫人，泣不能自止，忽忽又一年矣。只身万里，令节谁共，不觉凄然。"那几日，也在蒙自的罗常培、陈雪屏多次建议郑天挺续娶，他都“郑重谢之”。

在旧式的婚姻中，郑天挺和周稚眉也活出了刻骨铭心的感情。终身未续娶的郑天挺后来在《自传》中说：“1937年春节，别人都愉快地过节，而我家却出现了不幸，我的妻子周俽因难产病逝于北平德国医院。她是江苏泰州人，我六岁时父母已给我订了婚，但相隔太远，从未见面。1920年我大学毕业后，她家多次催促结婚，于是1921年9月我们在北京结了婚。婚后她对我关怀备至，我们两人一直感情极好，从未吵过嘴。我自幼丧失父母，缺少天伦之乐。成家后，添人进口，经济虽时有拮据，但却感到了家庭的欢乐。她长我两岁，逝世时也不及四十岁。家中遗下了五个儿女，长女不过十三岁，幼子年仅三岁，因此她的去世，给我精神上极大的打击。我痛苦万分，但又无处倾诉，有两个时期，我甚至经常念经以悼死者，藉以消除心中的烦闷。在此之后，有人也多次劝我续娶，但我见到一些友人重建家庭后带来的矛盾和不安，我私自下定决心，一定要以学业为重，决不以家事干扰自己的事业，从此以后，我就一直未再产生结婚的念头。”1939年2月24日日记便记录了诵经一事：“六时半起。赴校授课一小时。乘车归寓掩户，为稚眉夫人诵经一卷。”

和许多“五四”知识分子一样，郑天挺是在新文化和旧道德中思想与生活。我阅读《郑天挺西南联大日记》不时想到一个问题，即旧道德在他们一生中究竟起到了怎样的作用。这种旧道德不仅在生活中，在伦理中，也在思想和道路抉择中。被郑天挺称为“孟邻师”的蒋梦麟在西南联大不无争议，后来又随他的同乡蒋介石逃亡台湾，一直亲近左翼知识分子的费正清1960年在台湾重逢蒋梦麟，也用了“旧道德”来说他：“在我看来，忠诚于某位统治者的古代士大夫思想在蒋梦麟这一代人的身上还根深蒂固地存在着。他们并不会起来革命，更不会进行反抗。在战争年代里，CC系使得昆明的教授陷入饥饿的困境当中，当时蒋梦麟博士也是其中一位主要代表。他到底从蒋介石那里得到了什么？我们当然不得而知。但他的确是一位仁慈且有毅力的官员。”我有时想，“五四”那一代知识分子的成功，或许就在于他们一直思想和生活在新文化与旧道德的双重秩序中，后来，越来越多的知识分子既远离了新文化，又失去了旧道德。

郑天挺伦理道德的养成和他成长的背景相关。在郑天挺去世后，他的表兄梁漱溟在《我对郑天挺教授家世之回忆》中说，郑天挺的父亲郑叔忱与他的父亲“既结亲戚关系，又雅相知好”。“光绪三十一年九月郑公在京寓病故，临终时亲友多人毕集，而公独托孤于我先父”，根据梁漱溟的回忆，1906年9月，郑母陆荇洲携子女旅抵天津，受聘为北洋高等女学堂总教习。梁说郑母原有旧学，又吸收时代知识。到天津一年，患白喉病故。梁说：“京津相距不远，先父闻荇洲夫人病讯赶往照看，又重受托孤之命。夫人殁于急性传染病，俗名白喉，诸孤同在传染中，情势甚危。先父即提挈诸孤来我家中，由我先母负责抚育。”郑母病逝时才三十七岁，而郑天挺只有七岁。接着大两岁的姐姐和一个弟弟又先后病逝，家中只剩下郑天挺和小他五岁的弟弟郑庆珏。

郑氏兄弟在梁家寄养的时间大概不长，梁漱溟和郑天挺谈及此事都语焉不详。兄弟俩在亲友的帮助下，后来寄养在姨母家中，此时他们的姨父母也早已去世。郑天挺在《自传》中回忆说：“家中有两位表兄张耀曾和张辉曾。是时耀曾正在日本留学，所以我寄居张家时，由张辉曾教我读书。他是搞程朱理学的，律己责人都很严，我思想上受他的影响很大。”大表兄张耀曾则深刻地影响了他的人生道路。结婚后的郑天挺到处兼职以补家用。1922年9月，时任法权讨论委员会会长的张耀曾让郑天挺担任他的秘书，在张耀曾的指导下，郑天挺编撰了他的第一部学术著作《列国在华领事裁判权志要》。

1938年8月12日，郑天挺得张表嫂电，盼他即往沪；当天又得褚德勤书，获悉表兄张耀曾的噩耗。这位表兄“九一八事变”后参与成立“中华国难救济会”，又曾义务担任“七君子”辩护律师。8月15日，郑天挺得侄女来信，得知表兄生命垂危时的一句话是“汉口无恙否”，不禁泫然。在蒙自的郑天挺辗转河内、香港赴上海奔丧。郑天挺为这位表哥撰写了《镕西表兄象赞》，又作挽联。

在离开上海的前几日，辛亥革命猛将宋渊源（字子靖）的夫人请郑天挺在寓所吃螃蟹，蟹和鲥鱼是郑天挺最喜欢的食物，他不禁又想起夫人周稚眉：“余最喜食蟹与鲥鱼，每春秋佳日自学校归，稚眉夫人常制以相候。”已经不食此味两年的郑天挺不禁怀想惆怅。

## 三

在上海治丧的郑天挺离开昆明差不多两个月了，他未忘身为北大秘书长的责任。1938年10月17日，他在致蒋梦麟校长信中如是说："此间盛传昆华师范校舍全毁，文法学院校舍亦未觅得，有迁移外县之议，未审确否。联合大学半岁三迁，一迁昆明，再迁蒙自，三复归昆。精神物质损失殊钜，如非万不得已，自以不再他徙为宜。华南日军登陆，局势陡变，都市固有空袭之危，而乡镇更有经济断绝之虞，不可不虑。想久在洞鉴矣。适之师出任大使，闻须两三年后始归，北大文学院院长如何办理？尝窃念欲求北大复兴，必兼四者：一曰加强干部，二曰汲引新近，三曰提倡研究风气，四曰派遣学生留学。所谓干部，不必限于在校之人，而本校求才亦不必限于干部之内。无事则散居各地，自求发展；有事则聚议一庭，共策万全。"在北大秘书长位置历练多年的郑天挺已经是一位成竹在胸的大学治理者，他所说的北大复兴四要素，未尝不是当下建设"世界一流大学"的要点。

郑天挺回到昆明不久，再与蒋梦麟谈文学院院长人选。1938年11月23日："九时至才盛巷二号大学办公处谒孟邻师，谈及余前函，谓众议咸同，文学院院长决聘孟真。如孟真不就，聘今甫，枚荪亦可回校。如是，校中或可无惭于当世矣。端升已来，召亭即至。于办公处晤今甫，谈国文系事甚详。以为北大国文系已往偏重于语言文字，今后宜兼注意于中学教学及创作。”文学院院长人选是如此慎重，置于“无惭于当世”的高度。这就是郑天挺前面致函蒋梦麟所说的干部问题。他在日记中记录的他和同人谈北大国文系的话题，也很有意思。

蒋梦麟对郑天挺有知遇之恩，郑天挺在日记中提及蒋梦麟均称“孟邻师”。郑天挺1924年夏开始任北京大学讲师，也在北京女子师范大学兼课，后来的几年又在杭州、广州等地任职。1928年表兄梁漱溟在广州推行乡村自治的计划失败，担任广州政治分会建设委员会秘书的郑天挺也因此失业，此时浙江大学校长蒋梦麟电邀郑天挺前往浙大，担任浙大秘书兼文理学院讲师，从这个时候开始，“秘书”成了郑天挺的一种身份。当郑天挺到浙江大学任职时，蒋梦麟已就任教育部部长。不久，短暂出任教育部部长的蒋梦麟任命自己为北京大学校长后，教育部秘书郑天挺也从杭州随蒋梦麟到北大任校长室秘书。1933年北大学潮后，法学院院长周枚荪推荐郑天挺出任北大秘书长，蒋梦麟征得文学院院长胡适、理学院院长刘树杞等人的意见，任命郑天挺为北大秘书长，这秘书长一做就是十八年。于是，郑天挺时常是蒋梦麟的“替身”，深获蒋梦麟信任的郑天挺也被许多人视为蒋梦麟的“守门人”。

郑天挺的忙碌与蒋梦麟常住重庆有关。在未出任西南联大总务长之前，郑天挺不时代表蒋梦麟出席常务委员会会议。其实，在长沙临时大学期间，蒋梦麟、梅贻琦、张伯苓三位校长和教育部联系人杨振声（字今甫，亦作金甫）便组成了常务委员会，但总理校务的则是清华大学校长梅贻琦。南开大学校长张伯苓的重心在重庆的南开中学，北大校长蒋梦麟则处于理想和现实的困扰之中。北大、清华、南开三校校长的这种状况一直延续到西南联大结束，这也是谈西南联大必先说到梅贻琦的原因。

易社强曾经这样分析蒋梦麟："自1931年执掌北大以来，蒋梦麟就感到校务繁重得让他喘不过气来。财政上的不稳定，日本人的恐吓，再加上学生的反叛，这种种都在困扰着他，他建立宏伟学府的理想是不受战争荣辱和政治兴衰的影响，但现实超出了他的控制范围。拥有一流的师资、高水平的学生，以及先进的物质设备，他使北大取得了令人瞩目的进步，但这种成绩更使他难以改变对北大的忠诚，转而为长沙的联合大学服务；在那里的见闻使他对进一步的领导心灰意冷。"

我一直怀疑易社强此说可能受到蒋梦麟回忆录中坦陈自己心态的一段文字的影响，易社强在自己著作中也援引了这段文字："在困难时期，执掌一所大学是件令人头痛的事。而在战乱的年代，与两所不同校风的大学及性情各异的教授合作，无异于难上加难。一面为战局担忧，一面为沦陷区和战争后方的亲友发愁，这已超过了我身体的负荷能力。”蒋梦麟显然比我们想象的要复杂得多。与梅贻琦专心校务相比，不能完全投入的蒋梦麟可能还有另外的原因，他从一开始就想走一条读书做官的经世之道。

在北大、清华和南开三校中，南开或许相对薄弱些，梅贻琦既为常务委员会主席，当然知道西南联合大学能否联合成功，北大至关重要。而北大的格局是，蒋梦麟校长退居二线，秘书长郑天挺工作在一线。这就意味着，郑天挺如何便是北大蒋梦麟的状况，发挥好郑天挺的作用，也就稳住了北大。在沈茀斋应聘四川大学、辞去联大总务长后，梅贻琦始终以为郑天挺是继任总务长的不二人选，便多次敦劝郑天挺就任。在总务长人选这一事项上，无论是郑天挺本人，还是梅贻琦，抑或蒋梦麟，都显示了现代教育家的襟怀。

1939年12月19日，郑天挺代表蒋梦麟出席常务委员会。晚饭后向蒋梦麟报告开会情形，回来的路上遇到联大总务长沈茀斋，沈告知郑自己已经应聘四川大学教务长，请辞联大总务长，并说继任人选非他莫属，郑“力辞之”。沈离开后，郑天挺返回蒋梦麟寓所，陈述自己不就总务长一职。郑天挺在日记中写道："呜呼！吾日夜继晷，读犹不足，安有余暇事此哉？"

转眼便是新年。尽管郑天挺拿定主意不肯继任总务长，也多次表达辞意，但任职一事并未了结。因为校方没有正式发文聘任，郑天挺"亦不能固辞"。1940年1月8日，汤用彤（字锡予）询问郑天挺本人的态度，郑天挺如实相告。汤用彤对郑说："吾亦不以就斯职为然。今日校中学术首长皆属之他人，而行政首长北大均任之，外人将以北大不足以谈学术也。且行政首长招怨而学术首长归誉，若怨归北大而誉归他人，将来学校地位不堪设想矣。"郑觉得汤先生此语确有远见，佩服之至。我不知道现在北大和所有大学的同人读到汤用彤这句话时会有什么感想，不谈学术，何以谈大学？

由这个细节我们可以看出郑天挺的谨慎。9日中午，总务处同人为沈茀斋饯行，邀请郑天挺作陪，为免误解，郑婉谢出席。下午到学校时，郑天挺听说下午的常务委员会将讨论他继任总务长一事。郑天挺赶紧写信给梅贻琦，申明自己绝不就任总务长。结果，会议还是通过了这一聘任决定。10日，沈茀斋又来劝驾，说经费人事均无问题，希望郑天挺做点牺牲，鼓起勇气。在当日公饯沈茀斋时，梅贻琦也表达同人盛意，约日内和郑天挺详谈。12日饭后，梅贻琦登门，殷切挽劝。郑天挺对梅贻琦说，他不继总务长，“并未谦让，亦非规避，尤非鸣高”，他只想读书而已。两人谈了半小时，没有结果，郑天挺则觉得如释重负。

北大同人对郑天挺是否继任总务长意见不一。蒋梦麟校长表示理解郑天挺的想法，认为总务教务不能全由北大的人担任。汤用彤和蒋梦麟都考虑到联大学术和行政的结构以及各大学的均衡，汤侧重学术首长的重要，蒋梦麟则担心行政权力集中在北大恐遭非议。这些想法都对郑天挺产生了影响。而在郑天挺本人，长期以来一直在行政与学术之间挣扎，总想专心读书治学。罗常培问郑天挺：君欲为事务专家乎，为明清专家乎？这句话击中了郑天挺内心长期以来的矛盾纠结。13日学校颁郑天挺联大总务长聘书，15日他便致信梅贻琦并退回总务长聘书。郑天挺在信中说：“区区不就之意，并未谦让，亦非规避，尤非鸣高。诚以学殖日荒，思自补益。是以南来之初，即请之孟邻先生许以专事学问。本校素以扶持学术为任，想必亦昭其悃愊，惠予同情也。”第二天晚上，杨振声告诉郑天挺当日常委会提出他辞总务长事，众人力主挽留并计划明日到郑寓所敦劝。“闻之惭怅”，郑天挺在日记中说。

果然，17日一天，同人纷纷劝说郑天挺就任。晚上回到宿舍，郑天挺看到一张纸条："斯人不出，如苍生何？"这是黄子坚、查良钊、杨振声、施嘉炀和冯友兰留下的，这意味着三校同人均认为总务长非郑天挺莫属。即便此时，周枚荪和傅斯年仍不赞成郑天挺出任总务长。傅斯年特地从乡间到学校，坚决反对郑天挺继任。但这二位冷静之后，又改变了想法。傅斯年下乡之前告诉郑天挺，自己与杨振声谈了，担心他若不就任总务长，恐怕会伤及清华、北大两校情感，劝他不妨先试试。周枚荪、查良钊、杨振声也担心此事会引起校际摩擦，影响合作局面。1月21日郑天挺日记载："枚荪言尤切，以为处今日而言，大有为必不能；在合作局面下而求大改革，亦必不能；止好牺牲个人，维持合作。"

此后一个月，蒋梦麟与梅贻琦多次商量总务长人选，但梅贻琦仍然属意郑天挺，并托人向郑天挺致意，促他就任总务长。蒋梦麟此时也担心此事会引起误解，对此郑天挺在日记中写道："此职绝不可作，绝不能作，绝不宜作，余审之熟矣。然为免除校中纠纷、两校误会，不能不作一牺牲。实则万一将来不欢而散，其误会、其纠纷，不将更深且密耶？"此后数日，郑天挺索性住到岗头村乡下。在乡间几天，蒋梦麟最终说服了郑天挺，不再坚辞。

如此看来，郑天挺坚辞不就总务长，其实也反映了蒋梦麟对此事的踌躇。当蒋梦麟想明白后，郑天挺心中的乌云也便散去。读《郑天挺西南联大日记》，最初我也和当年西南联大的一些同人一样，对蒋梦麟与学校若即若离有些不以为然。读郑天挺1942年7月13日日记，其所记北京大学校务会的情景又呈现了蒋梦麟知所进退的胸襟。郑天挺说与会者随意谈话，“大都以团结常开会为言”。想必大家都敞开了，其间有误会处，郑天挺都做了简单的解释。郑天挺觉得贺麟（字子诏）的发言特别好：“子诏之言最善，以为北大向来最大，不必效法他校，斤斤较量小事。”循迹字里行间，这次校务会大概议论到清华和南开。

会议结束前，蒋梦麟谈联合大学联合的不易，特别说到必有一二方退让，联大才能不破裂。日记这样概述蒋梦麟的谈话内容：“于是进而说明其个人之态度，所以对联大事只管外不管内之原因，及教育部数度使之为校长不就之理由。并言在教育史上联合大学确属成功，而成功原因由于北大之容忍退让，世人皆已知之，胜利为期不远，联合之局面亦不能久，惟有继续容忍。”联大的成功当然不能完全归功于北大的“容忍退让”，但蒋梦麟所述北大的态度确实也是联大成功的重要原因之一。

蒋梦麟无疑是个有境界的教育家，最后又谈到北大的使命和努力的方向。郑天挺说蒋梦麟“为词甚长甚动人，在场莫不满意”。这次校务委员会持续了四个小时，结束后与会者又一起到冠生园聚餐。

1940年2月23日，郑天挺答应梅贻琦暑假后就职，但已经“迫不及待”的梅贻琦对外说是郑天挺今天就职。25日，郑天挺跟罗常培谈了他就职后准备先做两件事：调整低薪薪额；为学生和教职员代购大米。这一天晚上，郑天挺和罗常培一起去新滇戏园看剧，罗常培感慨说：今后恐怕没有这样的余暇了！

## 四

郑天挺在梅贻琦和蒋梦麟之间起到了非常好的沟通作用。关于联大和三校的财政预算，北大和清华有分歧；梅贻琦顾及视听，觉得蒋梦麟至少继任主席一年。这些紧要的事，梅贻琦都是和郑天挺先通气。1941年5月13日梅贻琦日记载：“上午至联大办公处与郑毅生谈二事：1. 告以清华拟补五十万事，因恐昨日与蒋君略谈者或未明了，郑谓北大明日将有校务会议，再行计议，大家之意拟不接受，而专注意于预算之确定；2. 告以余愿蒋君继任主席至少一年，盖吾二人原无所谓，但校中人众，如此似较好耳。”

梅贻琦在自己的日记中也留下了许多关于郑天挺和蒋梦麟交往的温暖记忆。1941年1月5日（旧历“腊八”）是梅贻琦生日，他在日记中记载：“午饭樊、郑、章、罗、陈五君约饭一桌。晚饭蒋夫妇之约，共两桌，皆为余祝寿者，感愧之至。”樊际昌、郑天挺、章廷谦、罗常培、陈雪屏皆为北京大学教授，樊时为联大教务处长，章为联大常委会秘书，罗是联大中文系主任，陈任联大教育系主任，蒋夫妇即蒋梦麟夫妇，由这份名单也看出北大教授对梅贻琦的敬重和三校团结合作的一面。梅贻琦也礼尚往来，1月20日，“夭夕往岗头村为蒋校长拜寿，因留宿焉”。2月初，梅贻琦持续几天发热，蒋梦麟夫妇也来探视。

郑天挺在联大期间究竟处理了多少事务已无法计算和叙述，他几乎是上午七点或八点就入校治事。翻阅郑天挺日记，会留下他日理万机的印象。清华大学出身的何炳棣在郑天挺去世后回忆说：“1939年秋到昆明以后与清华办事处的几位‘故人’偶尔谈及联大人事时，发现清华的人对北大校长蒋梦麟、教务长樊际昌皆不无微词，独对秘书长郑天挺的学问、做人、办事才干和负责精神都很钦服。所以我1940年2月得悉郑先生已同意继清华沈履为联大总务长的消息后，深信此后三校合作有了保障不是没有理由的。”北大文科所的学生任继愈回忆他对老师的印象："总务工作十分繁杂、琐碎，经常有些无原则的纠纷，三校联合，人员的成分也复杂，郑先生处之以镇定、公平，不动声色地把事情办了。”

抗战胜利后，郑天挺奉派回北平筹备恢复北京大学，临行前委托任继愈和韩裕文清理他房间的书籍、绘画和文件，这两位弟子在清理联大八年的函件、文件时才知道郑先生“默默无闻地做了大量工作"："为学校延揽人才，给同事们平息争端，消除了一些派系之间处于萌芽状态的对立。西南联大的领导层，他们不会把学校领上邪路，特别像梅贻琦先生以办教育为终身事业的学者，光有上层团结，如果教务、总务等职能部门不协调，天天闹人事纠纷，学校也难办好，当时确有搞派系、闹不团结的一些人。”“郑天挺先生善于处理纠纷，协调同事之间的关系，对不利于三校团结的言行不支持、不扩散，使它消弭于无形。这些功劳，郑先生生前从来不曾对人表白过，若不是偶然的机会帮郑先生清理文件，我也无从知道，我尊重郑先生的意志，从未对外讲，但是郑先生的贡献、郑先生的胸怀，值得敬佩。郑先生已作古，若不说一说，也许这些看不见的功绩将永远湮没。”

郑天挺深孚众望，也赢得梅贻琦的信任和器重。1941年10月，郑天挺请辞总务长，梅贻琦深感困顿。10月15日，在联大常委会上，讨论郑天挺辞总务长、樊际昌辞教务长一事，许久不得解决。根据梅贻琦当天的日记，他的想法是：“余坚谓常委主席、总务长、事务主任不宜由一校人担任，且总务长若再以沈继任，则常委会竟是清华校务会议矣（岱孙现代序经任法商院院长）。”这里的“沈”即沈茀斋，清华大学教授兼秘书长。梅贻琦想做郑天挺的工作，11月1日，访郑天挺未遇。在3日的日记中，梅贻琦说：“上下午皆在联大，郑未复职樊又辞职，查病尚未愈，只好勉唱独角戏，尚不以为苦也。”也就是在这一天晚饭后，梅贻琦带了一瓶酒到靛花巷与罗常培、郑天挺和正在联大访问的老师闲谈。12日午前梅贻琦再次至靛花巷郑天挺处稍坐，日记未述两人谈话内容，想必涉及郑天挺辞总务长一事。这天傍晚一阵大雨，梅贻琦感觉雨后天气更冷。12日的谈话显然没有能够让郑天挺收回辞呈，13日下午五点半再开常委会，通过了改聘周枚荪为教务长，沈茀斋为总务长的人事安排。但梅贻琦在14日接到沈的辞职信，他“赶再函郑促仍复职”。这后来的两三天，不知道郑是如何回心转意的，17日上午，郑天挺和梅贻琦商量下星期复职。也许答案只有一个：维持团结，牺牲自己。

在总务长位置上的郑天挺不胜其烦，常常会面对匪夷所思的事情。1941年1月21日，郑天挺几乎是用愤激的语气记录了几件事："三时随孟邻师及月涵入校治事。此次校中垫发二十九年一月至十二月米贴，先期请诸人自填眷属人口表，并须请同事一人、系主任一人为之证明。北大二同事以为觅人证明有辱教授人格，深表不满。乃今日发现某教授之女公子新归助教者仍填于女家，而未声明何时已嫁。又有某主任生子仅四月，亦照填一岁，而未声明何时出生。尤奇者有某教授夫人月内可分娩，而其子之名已赫然填之调查表矣，且曰依外国法律，婴儿在母胎已享有人之权利矣。”郑天挺感叹道："呜呼！此他人辱之乎！抑自辱乎！何不幸而见之我北大乎！"

即便是教职员宿舍的舍规也需要他召集商定。1942年9月，办公用房和教职员宿舍调整，靛花巷改为教职员宿舍，北大办事处和文科研究所迁至才盛巷。29日，郑天挺与罗常培等人议舍规。30日这一天郑天挺八点入校处理校务，十点上课，课后再处理校务，十二点回宿舍后又与舍中同人开会商量舍规，下午四点再去学校处理校务，六点到文化巷（此为南开大学办事处）开会。——这是郑天挺一天的事务，他真的成了罗常培所说的“事务专家”。

在郑天挺的日记中，专门谈及南开大学事务的内容不多。历史的吊诡之处是，五十年代院系调整后，郑天挺调往南开大学。清华大学的历史系主任雷海宗也奉调至南开大学历史系。南开大学历史系因这二位的到来而被时人称为“小西南联大”。这大概也是郑天挺始料未及的。这位北大教授在联大八年，六年任总务长襄助清华大学的梅贻琦；在辞去北大秘书长后，又去了南开大学，在那里再辟疆域并终老南开。老先生几乎一生都在和这三所大学“联合”。

季羡林在追思郑天挺的文章中谈及此事，说他在院系调整后有两个疑问：一是，为什么让一个学有专长的学者担任繁忙的行政工作？二是，为什么把阵容整齐的北大历史系人为地搞得支离破碎？后来也担任了北大行政工作的季羡林先生说这些问题不是他能回答的。如果换一个角度，或许我们又会追问：如果没有郑天挺这样学有专长的学者担任行政工作，北大会怎样？清华会怎样？南开会怎样？西南联大又会怎样？

## 五

郑天挺与杨振声谈及北大国文系特点的话题，几年以后两人又再次触及，而且更为深入。1942年7月23日，郑天挺在与杨振声的长谈中，比较了北大和清华文学研究的差异（这就是今天所谓的学科特色），特别说到了北大治文学史的不足："余与今甫长谈：北大国文系自适之师以文学史研究为倡，若石君、膺中、莘田及余皆以史的研究相随，遂成风气。比年后进较少，莘田主持系务，仍循此以进。"这里的石君便是修辞学家郑典教授。

杨振声对郑天挺所说的北大国文系这一特色有些微词："今甫颇以为疑，以为由文学以入文学史，其势顺，其功易，由史以入文学史，终属隔膜。故必于文学有认识、有素养始能研究文学史，否则难成功。今甫主张国文系仍就语言文字发展，文学史研究可让之清华，因一多、佩弦于文学素养甚深也。"杨振声一席话超越门户之见，客观公正，顾及三校合作之大局，所言"由文学以入文学史"和"由史以入文学史"仍然是今天最重要的两条学术路径，孰高孰低仍然见仁见智。郑天挺觉得杨振声的话深有识见，令人深省并加以勉励。谨言慎行的郑天挺生怕北大同人误解，又提醒“不足为外人道也”。

学术路径不同，教授也各有个性。1944年6月1日，郑天挺日记记下了让他哭笑不得的两件事：“饭后，清常告以昨日中国文学系情形。膺中、一多皆欲开《楚辞》及中国文学史一，相持不下。事前皆以语莘田，而未加准备，遂成僵局。佩弦调停，同时并开，此例殊不相宜，然而已决定矣。奈何！奈何！”“莘田上学期欲开四小时课，下学期不开课，欲指导研究论文。一多闻之，亦云：‘我亦效法。’佩弦云：‘我亦不开课，或仅教大一。’国文系中，老教授惟四人，而今甫休假，此事传于外，亦将贻人口实。”文人的性情也由此可见一斑。

1939年5月，因傅斯年来北大，北大决定恢复文科研究所。郑天挺27日记：“孟真来北京大学，文科研究所决恢复，由孟真任主任，孟真意增置副主任一人，由余承乏，谢之。”31日，郑天挺等与蒋梦麟商谈文科研究所恢复事宜，与会诸位仍然建议由他任副主任，而他只愿以秘书身份负事务责。郑天挺的想法是：“今后研究生之生活拟采取书院精神，于学术之外，注意人格训练，余拟与学生同住。”最终，郑天挺还是无法推卸副主任的职责，文科研究所恢复后，陈寅恪、傅斯年、杨振声、罗常培、罗庸、汤用彤、唐兰、姚从吾、叶公超、郑天挺和向达等为导师。

在当时的困境中，教授们偶尔偷懒也不足为怪。文科研究所招考委员会开会，多数委员没有与会。郑天挺1939年10月26日记："竟日大雨，晨午偶歇，沉阴如故。未几，大雨又作。深苦之。八时起。九时诣孟真，开文科研究所招考阅卷委员会。仅到孟真、公超及余，改谈话会，决议录取阎文儒、任继愈、刘念和、周法高、王明、阴法鲁六人。"那些未出席会议的委员，想必是因大雨而出行困难。

北大文科研究所原在城内青云街靛花巷，因敌机连日轰炸昆明，迁往北郊龙头村宝台山响应寺，与在司家营的清华文科研究所、落索坡的北平研究院历史研究所，相距二三里。北大文科研究所的学生回忆说，罗常培、汤用彤、郑天挺几位先生大部分时间和他们住在一起，师生除了读书谈学问，别无他事。文科研究所近乎古代书院，罗常培便称郑天挺为"山长"。傅斯年主要工作在史语所，实际负责的是郑天挺。史语所决定迁往四川李庄，傅斯年也于1941年1月离开昆明赴川。文科研究所的同学编了这样的对联：郑所长是副所长，傅所长是正所长，郑傅所长掌研所；甄宝玉是假宝玉，贾宝玉是真宝玉，甄贾宝玉共红楼。

抗战胜利后才重返昆明的傅斯年，在往李庄后部分接受了郑天挺关于文科研究所需依托史语所的主张，第一批研究生任继愈等四人随史语所往李庄读书。郑天挺在1940年9月7日致傅斯年的信中用恳求的语气请托："此外尚有一事，即北大研究所址，非追随史语所不可。此事已数向兄言之，而兄皆似不以为然。但细想之，北大无一本书，联大无一本书，若与史语所分离，其结果必致养成一班浅陋的学者。千百年后探究学术史者若发现此辈浅陋学者，盖我曹之高徒，而浅陋学风为北大所轫始，岂不大糟！弟亦知若此十余人追随史语所离开联大，在史语所，在吾兄均增加无穷麻烦，但此外实无他策。弟意：万一史语所与联大不能在一地，而研究生必须随史语所者，北大可每年或每学期，请一位教授随同前往，俾稍减史语所之麻烦，并负其他事务责任。兄意如何？如兄意以为可行，则此时即可准备起来也。"

1941年5月至8月，郑天挺、罗常培陪同梅贻琦到四川公干，二人特地到李庄，与史语所同人商议任继愈等研究生论文答辩事宜。罗常培在《蜀道难》中详细记叙了他们和史语所的同人如何指导论文的细节，郑天挺那几个月的日记在后来被毁。

## 六

疲倦至极的郑天挺在会议上听到联大物理系教授吴有训（字正之）夸他“以德胜”，除了觉得愧不敢当，想到的就是再辞总务长：“六时至文化巷开会，正之语众，谓自重庆来者均言各大学总务长莫不为众矢之的，正之言联大独为例外，以余以德称也。余逊愧不敢当。余待罪此职忽将三年，幸赖全校之优容，得免陨越，乌足以言以德胜哉！且余厌此久矣，俟新生课室、宿舍，教职员宿舍一切安当，亦将辞矣。”（1942年9月30日日记）

郑天挺最终没有辞职，但积劳积食积寒的他终于病倒了。12月的昆明竟然下起了大雪，“片片而下，似在北地，入滇以来所未见也”（1942年12月10日日记）。13日下午大睡中的郑天挺被陈雪屏唤醒，畅谈，再有朋友来访。再午睡，“风吹窗开，直贯卧处，欲关窗，又懒于起”，这样大受风侵两个小时。

如此，郑天挺晚上便头痛了，然后又是发烧。在1942年的最后一天，病况好转的郑天挺在日记中详细“整理”了自己的身体状况。他以这样的病体，带着病中探视者众多的温暖进入了1943年。

一切又循环往复。

昆明一隅，

九儒十丐

闻一多治印

# 一

“回视抗战中高度通货膨胀下的昆明生活，恐怕大家都会感觉有如噩梦”，杨西孟在1946年《观察》发文感叹道。这位月薪四百九十元的著名经济学家，还比较了昆明与重庆两地教授的薪津实值：“昆明是抗战期中全国物价的最高峰，而昆明教师的货币薪津又被压得特紧，所以昆明的薪津实值要算后方最低的了。试以重庆而论，到三十二年五月的时候大学教授的薪津实值尚有战前的十七元有余，同时中学教师也有十四元八角，虽已降落不堪，但还比当时昆明大学教授的十元略余差强不少。”昆明的大学教授以战前八元至十元的待遇怎样维持生活？杨西孟说这需要加以描述，他概述了这样的生活：典卖衣物及书籍，卖稿卖文，营养不足，衰弱，疾病，儿女夭折，消耗资本，消耗最后的资本——健康和生命。

1942年9月初次访问昆明的费正清，在致阿尔格·希斯的信中也以杨西孟教授的方式谈论过杨西孟谈论的问题："诸如此类的事例还有很多，无须描述教员们是如何居住在简陋的阁楼中，依靠卖书卖衣过活，陷入债务，最终因营养不良而患病。"费正清这位美国人甚至说到了如果置身事外，未能为这些人提供帮助，"这必将成为美国参与这场斗争的历史上一个可耻的污点"。杨西孟在文章中和费正清一样，提及了"耻辱"二字。我猜测杨西孟教授撰写这篇短文时虽然抗战胜利了，内心依然是凄凉和悲伤的。他问道："至于这种待遇的经过，到底代表一些什么意义呢？是否含有耻辱呢？有耻辱是谁的耻辱？未必仅是一方的耻辱吧？耻辱的真义仅是如一般人所理解的吗？"

杨西孟教授在1946年9月的文章中就意识到：多少年以后的研究者，特别是关心社会、经济以及政治问题的人们，会从这类数字中抽绎出许多的意义来。

## 二

早在1941年年初，教职员啼饥号寒的"烽火"已经四起。还在叙永分校教书的联大同人觉得此间生活比在昆明更为艰难，1月10日叙永分校三十九人呈函叙永分校主任杨振声教授，申请增加生活津贴。函件说："同人等在校服务历有年所，律己奉公，幸无陨越。此次奉派来叙，虽间关跋涉，备历艰辛，而爱护学校之诚，转益殷切。无如叙永物价飞涨出人意表，同人等迫于生事，有不能已于言者，谨为主任覼缕陈之。"在详述生活的困窘后，其情悲悲切切："同人等献身教育，自甘清苦，每念国家于财政拮据之日，仍极力筹措经费，维持教育，诚不忍再作琐琐屑屑呼庚呼癸之求。惟是生活迫人，告贷无门，枵腹从公，势所难能。为此，谨请斟情酌理，自一月份起，每人每月增发津贴六十元，以纾窘困，分校荣悴，有赖乎此。"杨振声11日将此函件转呈常务委员会，他签呈的意见是："今有分校低薪教职员（月薪约在两百元以下者）公函一件，因叙永生活昂贵，请求发给津贴，每人每月六十元。函中所陈各节，当属实情。伏乞钧会体念艰苦，赐予采纳，并请将卓裁结果，电报示知。俾其生活早定，安心教学，至感公便。"

1月22日常务委员会第168次会议讨论了叙永分校部分教职员申请增加生活补贴事宜，现在无从知晓讨论的详情，会议记录的决议是："本校叙永分校低薪教职员请求发给津贴每人每月六十元，因本校经费拮据，一时碍难照准。"会议结束后，即复电杨振声告知议决结果。1月25日，常委会又正式复函杨振声主任："值此百物昂贵之际，同人月入有限，生活之艰苦，不言可喻。惟月余以来，昆市物价继续增涨，有甚于叙永者，此间同人最近亦有同样请求。"然后分说联大近来所做的稍纾艰困的种种办法，再说"不易照办"的理由："分校低薪同人所请月加津贴六十元一节，固因校费支绌，不易照办，且一时局部举办，亦虑有其他困难。万不得已，当俟与教部商请增拨经费后再行设法耳。"

在叙永分校函请增加生活津贴不久，西南联大工学院二十二位教师于1月21日呈函常委会请增加薪津，西南联大教员、助教张建后等五十三人再呈常委会请增加薪津补贴。无论是教职员的申请函还是常委会的复函，都情真意切，体贴入微，令人动容。常委会复函叙永分校同人云："诸同人献身教育，体念时艰，夙所仰佩。务望一秉素志，以卧尝之志，维我校于不隳；艰苦卓绝，期抗战胜利后，再共享升平也。"复函工学院教师云："前接叙永分校低薪同人来函，要求酌给津贴，亦未能照办，当俟与教部商请经费能有相当增加后，再行设法。诸同人献身教育，体会时艰，夙所仰佩，而望一秉素志，同舟共济。"但当时教育部能够做到的是训令各校从1941年1月起必须十足发薪。

我们可以想象梅贻琦他们此时是如何的不堪重负。1941年11月25日，蔡维藩等五十四人致函联大常委会，提议召开教授大会共商解决生计办法："抗战以来，同人等随校辗转湘滇，四年于兹，努力教学，未敢懈怠，献身国家，固未计及个人身家之利害也。年来物价日增，维持生活日盛艰难，始以积蓄补贴，继以典质接济。今典质已尽，而物价仍有加无已，生活程度较战前已增加二十余倍。但同人等之薪给，始则七折八扣，迄今收入尚未倍于战前。同人等一家数口，负担綦重，今已罗掘俱穷，告贷无门，若不积极设法，则前途何堪设想。"12月，在教授大会后，联大常委会将本校教授会决议函呈教育部并附昆明物价变动指数表，"请发给薪津"。

学校也试图给月薪偏低的教职员一些补助费。1939年9月21日，联大常务委员会发布《西南联大给月薪二百元以下的教职员发放临时补助费办法》，查第120次常务委员会会议记录："梅主席报告：近来本市物价腾涨，三校来滇同人暨本校同人薪额每月在二百元以下者，几均入不敷出。于上星期曾由沈履、郑天挺、黄钰生三先生会商三校暨联大同人临时补助费办法六条，凡薪额每月在二百元以下之专任教职员，每人一律致送临时补助费五十元，由三校校长暨联大常务委员分别致送。”根据这个“办法”，中文系吴晓铃、余冠英、陈梦家，外文系杨周翰、王佐良，史学系吴晗、何炳棣等均在补助之列。教职员因空袭而受损的也获得一定的救济费。

所有的努力也只能是微调，杯水车薪。1942年1月14日第204次常委会议通过《西南联大教师薪俸等级》，助教月薪由一百元起至二百元止，教员月薪由一百四十元起至二百四十元止，专任讲师月薪由一百八十元起至三百元止，副教授月薪由二百四十元起至四百元止，教授月薪由三百元起至六百元止。1944年8月9日，教职员俸给标准再次改订，教员的起薪额和最高额没有变化；副教授的起薪额由原来的二百四十元改为二百九十元，最高额增加到四百五十元；教授的起薪额增加到四百三十元，最高额仍为六百元。三常委梅贻琦、蒋梦麟和张伯苓的月薪高于教授最高额一百一十元，薪额七百一十元。

联大又实施奖助金制，分补助和借贷两种。清华大学档案现存语言学家王力先生的奖助金（乙种）申请书，这位法国巴黎大学文科博士，在清华大学教授十年、西南联大教授四年，也不得不申请补助每月国币一千元。在申请乙种奖助金（补助）名单的表格中，朱自清一栏未填具体数额，“备考”中的说明文字是“希望最高额”，吴有训、余冠英的“备考”栏中分别填写了“可能最高额”和“最高额”的字样。申请六百元的有袁复礼、闻一多、罗常培等教授。

1943年7月22日常务委员会第268次会议关于乙种奖助金申请办法的议决是：“本大学教授、副教授之申请专科以上学校教员乙种奖助金者，应以本人不在校外兼有有给职务，子女人口在四人以上而经济状况较艰窘者为限，再由校遵照部令按照本大学教授、副教授全体人数比例限额呈部申请。”根据清华大学所存档案记录（1942年10月），西南联大教授家属人口有六人者共十五人，包括王力、冯友兰、燕树棠、刘仙洲、潘光旦、游国恩等；家属人口有七人者十四人，包括袁复礼、闻一多、罗常培、陈雪屏、李继侗等；家属人口有八人者两人，即徐继祖和蔡维藩；家属人口最多的是朱自清，十人。

这笔钱到教授的手中已经是1943年9月。20日教育部复函联大：“准自本年五月份起，由本部按月奖助该校教员袁复礼、萧蘧、朱自清、林文铮、黄子卿、陈雪屏、许浈阳、罗常培、燕树棠、马约翰、闻一多、殷宏章，各六百元。张泽熙、周作仁、杨武之、赵迺抟、吴泽霖、李士彤、赵淞、李锦安、张席禔、郑天挺、吴有训，各五百元，并准自同月份起，按月额外奖助邱崇彦等十五员各四百元。”

在1943年12月，常委会议还通过了《西南联大职员救济金支发办法》《西南联大代办教职员临时借款办法》等。1944年2月，梅贻琦还决定将清华服务社盈余项用作西南联大同人补助，于2月23日常委会议通过了《清华服务社盈余项下拨给西南联大同人补助费分配办法》。在西仓坡召开的这次常委会从下午五点开到九点才散会，当晚梅贻琦原本有饭局，也因此不能赴约。郑天挺散会回到宿舍，修改文稿到十二点才就寝。在当晚的日记上，郑天挺还记录了他这一天支付的费用：鸡蛋十四个一百元，饭费一百五十元，点心八十元。

## 三

教授们的啼饥号寒多少起了一些作用。1942年11月13日常务委员会第240次会议上，蒋梦麟报告：“蒋委员长为昆市物价高涨，特拨给本大学教职员补助费二十万元，已交由本人带昆。”11月18日的常务委员会第241次会议，讨论了这笔补助费的发放，决定比照本大学教职员薪额于本月内一次平均发放。

也就是在第241次会议上，梅贻琦向与会者报告："教育部为检发非常时期国立大学校长及各部分主管人员支给特别办公费标准，仰造具应支特别办公费人员姓名清册三份，呈部核示训令。"隔了差不多半个月后的12月2日，在第243次会议上，梅贻琦报告说本大学训导长、总务长和各院院长暨各学系系主任致函常委会，告知"未便接受"特别办公费。

在获知教育部训令总字第45388号附非常时期国立大学校长及各部分主管人员支给特别办公费标准后，二十五名教授联署致信常委会，拒收特别公务费。这二十五名教授是：冯友兰、张奚若、罗常培、雷海宗、陈福田、李继侗、陈岱孙、吴有训、汤用彤、郑天挺、黄钰生、陈雪屏、许浈阳、饶毓泰、燕树棠、孙云铸、查良钊、施嘉炀、李辑祥、章名涛、王德荣、陶葆楷、苏国桢、杨石先和陈序经。这些兼职行政的教授坚持联大精神，不失现代知识分子的本色，视兼职为当然义务，并不希冀任何权利，也顾及"因不均而滋怨"。他们在信中坦陈了两条拒收特别办公费的理由："查常务委员总揽校务，对内对外交际频繁，接受办公费亦属当然，惟同人等则有未便接受者。盖同人等献身教育，原以研究学术、启迪后进为天职，于教课之外兼负一部分行政责任，亦视为当然之义务，并不希冀任何权利。自北大、清华、南开独立时已各有此良好风气，五年以来联合三校于一堂，仍秉此一贯之精神，未尝或异，此未便接受特别办公费者一也。”这里是责任、精神、情怀和格局，接下来则在陈情中婉转批评当局：“且际兹非常时期，从事教育者无不艰苦备尝，而以昆明一隅为尤甚，九儒十丐，薪水犹低于舆台，仰事俯畜，饔飧时虞其不给，徒以同尝甘苦，共体艰危，故虽啼饥号寒，尚不致因不均而滋怨。当局尊师重道，应一视同仁，统筹维持，倘只瞻顾行政人员，恐失均平之谊，且令受之者无以对同事，此未便接受特别办公费者二也。”《国立西南联合大学史料》所录此函，将时间标注为“1942年10月”，应是误记，参照第241次和第243次会议记录，此函写作时间应在11月18日至12月2日之间。

西南联大既遵令造册，又将二十五名教授信转呈教育部。12月19日致函教育部：“兹遵令造具本校常务委员及各部分主管人员支给特别办公费清册三份，随电呈送。惟本校训导长、总务长及各院院长、各系主任等闻讯后以依照三校以往惯例，并为维持联大甘苦共尝之精神，此项特别办公费未便接受，函请代为辞谢，谨将原函录副转呈，仰祈鉴核。”1943年2月12日，教育部部长陈立夫复西南联大：“仰仍造册请领，并转知应支公费各部分主管人员。”陈立夫对“此令”的解释是：“至各院长系主任等所陈一节，查中央规定支给特别办公费办法，意以主管人员及部分主管人员接应较繁，故酌给公费而不再领一般人员所支薪额加成数，彼此差殊并不甚多，统筹兼顾尚未失均平之旨。”梅贻琦2月28日批阅：“再复，该等愿本同甘苦之义，虽办公费较薪额加成数稍有增多，仍请不予支领，拟即不支发，请鉴核。”校长和教授们一样，坚守联大一贯之精神。

郑天挺日记载，当时也有云南企业局想设顾问四十席，为联大理工学院教授膏火之供，另由兴文银行为文法学院设法。但是否接受又如何接受，同人意见不一，施嘉炀反对私人接受任何报酬，主张企业局以全数捐给学校，由学校统一支配；吴有训则主张私人接受；另有教授表示应由三校组织非正式委员会，分配给家境最苦者。在1943年6月11日的校务会上讨论云南企业局顾问一事，争辩十分激烈：“主张可以接受者正之、召亭，召亭且谓学校无权干涉且无资格干涉。反对者今甫、奚若、嘉炀，奚若谓学校非过问不可，以所关甚巨，不仅受者十数而已。”双方的意见可谓针锋相对。即便在最困难时期，部分教授对企业的资助也持谨慎态度。

担任主管的教授们担心“因不均而滋怨”，辞谢不受教育部特别办公费不是没有道理的。此间，学校传言在校行政首要、院长、各长、成员等每月校中均另有补助，郑天挺听说后在日记中写道："此种谰言，令人闻之愤怒！"他有点愤愤不平："校中最苦者，莫若负行政责任之人。教授中大多数兼差，且有兼至三四处者。莘田尝言，闻一多在中法兼课，并有家馆，月修至四千五百元，选译新诗，一次送二万元。唐立厂家馆月修至六千元。又有人在他校兼院长及系主任者，惟在校任各长者绝不能兼。各教授在校任课少者四小时，多者八小时，八小时者为数无几，惟任各长者有一定办公时间。政府规定之特别办公费，每月六百元，任行政责任者均辞谢不受，更何况特殊补助耶？"写到这里，郑天挺有点伤心了："他人不尽知，若勉仲、子坚与余，皆负债累累。"郑天挺是个细心的人，日记中详细记下了他每月的收入和支出，几乎都是入不敷出。什么都涨价了，郑天挺在街上照相，一寸照片印十二张，当天取件二百四十元，隔日取件一百四十三元，差不多是战前的二百倍。

闻一多虽然四处兼职，但家庭经济状况依然窘迫。闻一多治印谋生，是我们已经非常熟悉的故事。浦江清教授拟，梅贻琦、蒋梦麟、熊庆来、冯友兰、杨振声、姜寅清、朱自清、罗常培、唐兰、潘光旦、陈雪屏、沈从文等同启的《闻一多教授金石润例》，现存清华大学档案馆。风雅的文字，写出一代风流闻一多："秦玺汉印，攻金切玉之流长；殷契周铭，古文奇字之源远。是非博雅君子，难率尔以操觚；倘有稽古宏才，偶点画而成趣。浠水闻一多教授，文坛先进，经学名家，辨文字于毫芒，几人知己；谈风雅之原始，海内推崇。斫轮老手，积习未除；占毕余闲，游心佳冻。惟是温馨古泽，仅激赏于知交；何当琬琰名章，共榷扬于艺苑。黄济叔之长髯飘洒，今见其人；程瑶田之铁笔恬愉，世尊其学。爰缀短言为引，公定薄润于后。"薄润是多少？"1943年9月开始，石章每字（法币）一百元，牙章每字二百元。"到了1944年4月，分别涨到六百元和一千元。据说，从1944年4月到1946年7月，闻一多留下一千四百多方印谱，治印的收入多少纾解了闻一多窘迫的生活。闻一多在一封信中说："弟之经济状况，更不堪问。两年前，时在断炊之威胁中度日。乃开始在中学兼课，犹复不敷。经友人怂恿，乃挂牌刻图章以资弥补。最近三分之二收入端赖此道。"即便治印，闻一多也重操守，有所不为，据《联大八年·闻一多事略》记述，好些以贪污或杀人起家的权贵重金请他治印，他都严词拒绝。

## 四

在清华大学的档案中，有一份《昆明教授家庭最低生活费的估计》，“估计”的结论是：在薪资未调高、物价不断上涨的1942年，战时昆明教授家庭每月最低生活费为七千五百元左右。也就是说如果家庭只有教授一人收入，则入不敷出。这份“估计”基于1942年11月昆明物价，用了两种方法。估计方法之一：依据“昆明简明生活费指数”，1942年11月的指数为14 828（1937年上半年为100）；假定战前教授家庭每月最低生活费为50元，那么现在每月最低生活费在昆明为50×148.28=7 414元。这一估计方法是以战前50元的购买力为标准，是很低的标准。估计方法之二：依据1941年行政院所订公务员各种日用品每月消费量作估计，这个消费量系以单人生活为标准，现在估计教授家庭生活费要考虑家庭人口数，如以五口之家作标准，其消费作四个“等成年男子”计算，最低生活费是7 646元。这一费用还不包括医药和其他杂项。这份报告说：过去教授家庭生活的维持，一面靠典卖衣物，一面则减低营养和停止子女教育；现在典卖已尽，有许多家庭实有无法维持生活的情势。

生活窘迫的教授们甚至想采取绝食等手段表达增加薪津以维持生活的态度。1943年5月12日，陈岱孙告诉郑天挺，多位教授联名要求召集全体教授会，商谈生活问题。郑天挺认为这是最后手段，不宜轻用。当天傍晚，郑天挺到文化巷南开办事处参加常务委员会，正好教务会议刚结束，有二十一位法学院教授联名要求召集教授会。郑天挺获知杨石先和陈雪屏已经商定下周三召集教授会。晚上回宿舍后，刘晋年谈到，昨天陈序经约法商学院教授晚餐，席间谈及生活问题，便有了召集教授会的动议。郑天挺当日的日记记载了法商学院教授们的“四步办法”：“一、要求照生活指数发战前四十元之生活费；二、如不得请则绝食一日；三、如更不得请则向外募捐；四、如仍不得请则全体辞职云。”姚从吾和郑天挺谈到此事，颇为忧虑。据姚从吾说，潘光旦、西孟、陈序经几位情绪最激烈。郑天挺的态度是：“余意同人生活确苦，而学校前途堪虞，如能不要外发展，仅致函常委则较好，从吾亦以为然。”

刘晋年谈到的细节并不准确。根据郑天挺日记，在5月18日的校务谈话会上，法律系教授燕树棠（字召亭）报告法商学院教授晚餐情形，不是因为谈生活问题而聚会，是聚会之前由燕树棠等函约同人顺便商谈生活问题，此次活动也不是法商学院院长陈序经提议。其实，燕树棠的这个解释也不能完全说明是因聚会而商生活问题还是因谈生活问题而聚会。在校务谈话会上，与会者态度不一。燕树棠、杨西孟态度较强硬，吴之椿等附和；态度比较缓和的是今甫、树人、莘田、雪屏、景钺等，他们认为保护学校声誉是第一要义，反对绝食、募捐、辞职等一类行动。吴之椿在会上将意见归纳成一议案，但最终未列入决议。吴之椿的提案内容是："近来本市物价上涨，情形异常险恶，六年以来同人等随身衣物变卖一空，现状已近崩溃，前途更难设想。为此请求教育部改善待遇，以战前俸给十分之一，乘当地物价指数为最低标准，俾学校得以保全。如教育部对此问题不能有解决办法，势难继续维持。"

多数教授为学校发展计，似乎不想和政府弄僵关系，或者说还想保持斯文状。在5月19日的教授会议上，燕树棠、吴之椿、杨西孟态度较为激烈，主张有所表示，但他们也未提出具体方案。吴之椿要求设立行动委员会，但未获通过。陈序经、陈岱孙、罗常培、吴宓、江清、张奚若等教授发言，都不赞成有所行动。吴宓发言时非常激动，坚决反对绝食罢课。当天的会议其实并没有人提出绝食罢课的主张，郑天挺以为绝食罢课“误于近日之传言耳”。当天的教授会议上选出周枚荪、正之、陈雪屏三位为代表，往重庆晋谒当局。传言已经谣传到重庆，蒋梦麟特地从重庆打电话到学校表示关切，认为万万不可有罢课又绝食及其他行动，以免影响学校前途。根据郑天挺日记，教授会议下午六时结束后，七时又在文化巷南开大学办事处召开常委会：“常委会开会后，草一电报，告今日开会举三人代表入渝，其他无决议，请蒋、梅两常委在渝辟谣而归。”

根据5月19日当天的会议记录，“主席杨石先报告：近来昆市物价又骤然高涨，同人生活益感艰苦。兹由教授二十一人提请召开临时大会。故本日在此集会，商讨生活维持问题”。会议提出请教育部以战前薪给十分之一为基数，乘当地物价指数，发给最低限度生活费，决定推举周炳琳、吴有训、陈雪屏三教授为代表，赴渝陈述生活艰苦之实情，请政府根据本次会议决议及早实施。

这一年7月再次来到昆明的费正清，在他的记录中将西南联大教授大会的诉求视为“一场斗争”。费正清的记录似乎比郑天挺的日记和教授会议纪要更为详细：“5月底，西南联大召开了第一次全体教授大会，会后派两位代表前往重庆递交了有关西南联大全体教员要求适当增加生活补贴的申请，但没有取得任何进展。他们提出了几项要求：其一是部分粮食补贴应该按市价以现金支付，按照官方价格，每担法币为九百元，而市场价格是两千四百元，补贴应该实现价值对等；其二是工资应随当地物价水平的上涨得到相应的增加，在昆明工资只比以往增长了五倍，而物价据说已增长了三百倍。”这里的“5月底”比较模糊，应为“5月19日”，代表非两位而是三位。正像费正清所分析的那样：“问题的关键点在于西南联大是否能够破除政府强加于自己身上的束缚，即对于全国各地的公立院校都应该给予相同的财政待遇，而不能有特殊情况。”

这场斗争到目前为止，陈立夫占据上风。——费正清在记录中的结论是这样。

## 五

抗战胜利后，教授们的生活状况略有好转。查《国立西南联合大学三十四年四月份俸薪表》，三常委当月薪额是七百一十元，扣除所得税三十四点三元，印花税三点二元，国民党党员会费三十四点八元，实支金额六百三十七点七元。

我们所熟悉的那些著名教授，罗庸、闻一多、朱自清、杨振声、金岳霖、姚从吾、郑天挺、江泽涵、吴大猷、周炳琳、燕树棠、钱端升、吴泽霖、陈雪屏、樊际昌、查良钊、雷海宗等月薪是五百九十元。拿到月薪最高额六百元的教授是：冯友兰、汤用彤、吴宓、吴有训、刘仙洲、黄钰生、潘光旦、张奚若、陈岱孙、姜立夫、叶企孙、陈序经等，其中不少教授兼职行政。

中国文学系的几位教授，王力五百四十元，唐兰四百九十元，游国恩四百九十元；外国文学系的副教授卞之琳三百一十元，专任讲师李赋宁二百七十元；哲学心理学系的教授贺麟五百四十元，专任讲师熊十力二百五十元（低于外文系的李赋宁）；历史学系的教授吴晗四百八十元（本系教授中最低者）；算学系教授华罗庚是五百一十元；师范学院国文系教授沈从文四百四十元，专任讲师李广田二百二十元；社会学系的教授李树青四百七十元，讲师费孝通九十元；教授薪额最低的是地质系教授陶绍渊，月薪四百三十元。这是1945年4月教员们的月薪。

积贫已久，多数人依然在困境之中。1946年4月1日，吴晗因夫人生病赴沪上治疗和离昆北上，写信给他的老师梅贻琦申请困难补助及以个人藏书抵押借款。吴晗说："九年困境，债台高筑，旅费、医药费及最少五个月之生活费，一无着落。"吴晗算了一下，他需要的费用至少在两百万元以上，其中包括：由昆飞沪黑市票价至少一百万元；由沪至平暂拟二十万元；在沪住院二月及手术费预拟五十万元；个人生活费五个月至少四十万元。

吴晗怎么也无法筹措到如此巨款，他想申请预支学校的一些款项：四个月薪金约五十万元；政府规定的还都费三十万元；学校规定的两个人由昆明回北平的差旅费及其他应得款项，估计六十万元。预支后仍然无法解决问题，吴晗再请求学校借给他五十万元或六十万元，他用来借款的抵押是私人存在北平的十六箱中文书籍。可能是为了向梅校长说明抵押的可靠性，吴晗特地说明十六箱书籍存放在"新京畿道五号黄仕林家"。

准备在20日左右陪同夫人飞渝转沪就医的吴晗在16日再次写信给梅贻琦，申请借支一百万元。吴晗的考虑是："时局变化不测，物价到处狂涨，旅行费用无法预计。万一留沪时费用断绝，不能北返时，进退狼狈。"他请梅贻琦赐以助力，特别通融。吴晗又说："至归还方法，当如前函所言，以存平之中文书籍一部分作价或变款偿还。"看来，装在这十六个箱子中的书不是普通的书。

此时的吴晗一定盼着光明和安定的新生活。读这两封信，或许有助于我们理解他在1949年的道路选择。

## 六

在后来关于梅贻琦的回忆文字中，同人常常提到梅夫人韩咏华女士做的"定胜糕"。有朋友路过昆明总要造访联大，梅贻琦在家中便饭招待时，必用"定胜糕"招待朋友。郑天挺回忆说："记得每当聚餐快要终了的时候，梅夫人韩咏华女士总是笑吟吟地亲捧一大盘甜食进来，上面有鲜艳的花纹环绕四个红字'一定胜利'，殷勤地说：'请再尝尝得胜糕，我们一定胜利。'这时大家一齐站起来致谢，齐称：'一定胜利！一定胜利。'这正是我们当时一致的信念，也是联大事业的象征。"

梅贻琦常常在家中便饭招待朋友，盛情而节俭。1942年11月22日梅贻琦日记："晚约人在家便饭，食炮羊牛肉，既省钱，且可稍变花样。”1944年5月9日日记："七点在寓约今甫、序经、莘田、毅生、光旦、佩弦、枚荪、奚若夫妇小酌，以利用昨晚剩菜一桌，藉为杨、陈二君饯行。”上一晚便饭，客人可能饮酒过量，多有醉者。1946年1月3日晚，约多人便饭，日记说："菜系自做，尚好，仍嫌稍多耳。”

1977年6月韩咏华由美国回北京定居。在几年后的1981年春，韩咏华口述了《同甘共苦四十年——记我所了解的梅贻琦》。我们现在读到的这篇记录整理的文字，已经云淡风轻，但字里行间仍然有无法散去的凄风苦雨。梅贻琦一家和潘光旦一家一起在联大办事处包饭，通常是白饭拌辣椒，平时没有青菜吃，偶尔吃到菠菜豆腐汤就很开心。在教授的月薪只能维持两周的生活后，教授夫人们不得不为生计而显身手，绣围巾、做帽子、做食品等出卖。韩咏华说自己年岁大些，视力不好，只能协助做围巾穗子，后来庶务赵世昌介绍她做糕点去卖。

赵世昌是清华大学技师、庶务科主任，潘光旦太太赵瑞云的弟弟。赵瑞云女儿回忆说，赵世昌舅舅和他们家住一个院，他们印象中的“定胜糕”和特别困难时期韩咏华她们做的还有些差异，大概多了猪油："我见过我母亲用笼屉蒸出的米粉糕有白色的和粉红色的，后者大约是加入食用色素，使之更为美观。

一屉能蒸多个。糕味微甜，口感松软。有时在糕面中心嵌入小方块糖腌生猪油，凉的时候呈白色，蒸热时变成透明。”

韩咏华在赵世昌的指导下学会了做上海式的米粉碗糕。她和赵瑞云合作，先由赵瑞云在乡下磨好七成大米、三成糯米的米粉，然后加上白糖和好面，再用一个银锭形的木模子做成糕。两三分钟蒸一块，取名“定胜糕”（即抗战一定胜利之意）。韩咏华回忆说：“由我挎着篮子，步行四十五分钟到冠生园寄卖。月涵还不同意我们在办事处操作，只好到住在外面的地质系教授袁复礼太太家去做。袁家有六个孩子，比我们的孩子还小，有时候糕卖不掉，就给他们的孩子吃。”梅贻琦不许韩咏华在办事处操作，她们只能到冠生园寄卖。有人建议韩咏华她们在冠生园门口现做现卖，韩咏华碍于梅贻琦的面子又不肯如此，还得乔装打扮，穿上蓝布褂子，称姓韩，尽量避免梅夫人的身份。她穿着不合脚的袜子，走路太多，磨破脚皮，小腿感染发肿。梅校长夫人不仅挎着篮子卖糕，还摆上了地摊。参加昆明女青年会活动，几位夫人轮流备饭。一次轮到韩咏华时，没有钱了，只得在大西门铺一块油布摆地摊，出售孩子们穿不上的小衣服和自己的衣服，得十元，再去买菜做饭。

梅贻琦的弟弟梅贻宝在成都重庆时，就听说西南联大梅校长太太制卖“定胜糕”，他以为是笑谈，或为劳军、庆祝胜利等特来出头卖力。1945年4月，当他有一天飞抵昆明，到梅贻琦家住宿时，他才感叹“哪知耳闻不如一见”，梅贻琦给儿子祖彦再配一副眼镜的钱也没有。梅贻宝在《五月十九念五哥》一文中记叙了梅贻琦的困窘程度：“校长住宅倒也罢了，只是人口多些，挤些，晚饭实在太简单了。当晚只见祖彦侄闷闷不乐，迥异寻常。临睡前给我搭了张行军床，借了条被，就设在五哥书架前，他一面看学校公事，我们一面叙家常。我问到祖彦，五哥才说，前两天跑警报，彦侄把一副眼镜连盒给跑丢了。家里无钱给他再配一副，而他没有眼镜就不能念书，故而父子都觉得十分窘困。我素来服务于私立学校，大致比国立机关待遇好些，而家里多半有两份职务收入，亦曾听说五哥在昆明主持联大，生活不宽裕，但未料到他们一贫至此。遐迩传闻的校长太太制卖定胜糕的佳话，大概就属于这个时期。现在想来，近乎奇谈，亦应视为吾国教育界从业人员的美谈。”费正清在当年的一份记录中，提到韩咏华“隐姓埋名找了一份工作”，或许就是指卖糕点。

潘太太赵瑞云女士是一位知识女性，早年入苏州浒墅关女子蚕业学校读书，和费孝通的姐姐费达生同学，后以优异成绩留校。这所蚕校在二十世纪八九十年代名为苏州蚕桑专科学校，后并入苏州大学。现在我供职的学校能够知道赵瑞云校友的人应该很少了。赵瑞云是潘光旦的表姐，潘光旦的清华同学也随潘光旦称她赵三姐。在梅贻琦的弟弟梅贻宝印象中，这位三姐是一位中国典型的纯洁忠厚女子，样样为人设想。1922年梅贻宝由上海登船赴美留学时，赵瑞云赶到船边送行，送给他一件手织的毛背心。他十分珍视这件背心，穿了三十多年，后来不慎丢失。梅贻宝说他“好几天心中不怿”。在女儿们的印象中，母亲赵瑞云会用缝纫机，会绣花，会织毛线衣，她们从小到上中学全家人穿的毛衣都是她织的。女儿们可能不知道，她们爸爸的同事中有人对潘家总是生女儿感到“失望”。1941年2月28日，梅贻琦日记：“天夕闻光旦夫人将临蓐，至晚饭后已生，又是一千金，他人有为失望者，亦属多事矣。”

1945年春，潘家回到昆明西南联大教职员宿舍，和闻一多家住一个院子，赵瑞云送给闻家用棉纱线织成的袜子，闻一多先生穿了。赵瑞云女士和闻一多先生还有一次没有完成的合作：“母亲留存许多绣花图样，其中我记得最清楚的是她请闻一多先生（父亲多年的同学同事，随父亲称我母亲为三姐，当时同住西南联大宿舍院内）画的两条龙。一个较大的图样用在睡衣胸前或长围巾上，是一条飞翔的弯曲的龙，张牙舞爪，口喷火球，周围有朵朵祥云。母亲绣龙用金黄色丝线，云朵用蓝色。一个较小的图样是三角形的龙图案，可用在头巾或大手帕的角上，后来母亲实际没有绣。闻先生用墨笔作图于毛边纸上，前者是黑线勾画，空心；后者黑墨涂的实心，龙身转弯处呈方形线条而不是圆的，有如我们见到某些古代的石刻或砖刻的模样。”（潘乃穆：《忆母亲赵瑞云——兼记父亲潘光旦》）

闻一多先生遭暗杀后，赵瑞云女士第一个奔跑去学校向梅贻琦校长报告。1946年7月15日梅贻琦日记："晴。日间批阅两校公事颇忙。夕五点余，潘太太忽跑入告一多被枪杀、其子重伤消息，惊愕不知所谓。”我们现在还能看到1947年7月20日闻一多先生死难周年纪念会后，在清华大学大礼堂前，闻夫人高真与闻铭、吴晗、张奚若、潘光旦、朱自清、李广田、余冠英等人的合影，赵瑞云站立在左侧，表情肃穆甚至还有一丝迷茫。1958年春，潘光旦被正式划为“右派”后，赵瑞云在10月再次中风不治。1963年10月潘光旦去南方路过苏州浒墅关，当日正逢赵瑞云忌日，深有感触，他赋诗《云亡忌，过浒墅关》：“偏值回肠日，轺车过浒关。锦书初往复，绮梦几循环。桑柘青于旧，音容杳莫攀！阳山夕照里，两鬓陡添斑。”赵瑞云不在了，潘光旦不在了，赵瑞云读书的那所学校旧址也早面目全非了。

在教育界、知识界，我们或许都曾感慨过：校长不再有梅贻琦，教授不再有闻一多、朱自清。在他们身后，关于他们的叙述不断放大他们的身影，而他们的身影几乎遮蔽了韩咏华、赵瑞云这样的知识女性。且不说她们在那个时期的作为，这些在“五四”以后成长起来的新一代知识女性横跨家庭与社会之间的心路历程也是我们可以考察的历史。1948年潘光旦在给长女、次女的诗《寄示穟穆两儿》中说她们的母亲：“恃有宰相肚，容得大船撑。此船却破损，客货毋多盛。”惊涛骇浪，风雨飘摇，这些破损的船在最终搁浅之前，装了太多太多。

## 七

1942年9月，第一次路过昆明顺访西南联大的费正清，在昆明停留五天后，就“极为震惊”昆明教职工的生活状况。他在9月23日写给阿尔格·希斯的信中说：“西南联大中原清华大学的教员，作为留美归国的中国学术精英，如今却陷入了精神和物质的双重困境之中。”请留意，费正清特地提到了精神困境，而不只是物质困境。

费正清对留美归国的中国学术精英不仅同情，而且也有深刻的政治考量。在他看来，西南联大中国知识分子的这种状况，显示了美国政府对华政策的失败。费正清在信中说："而中国知识分子这个事例就是'无能'这个词的很好注解，我们很早就知道这些知识分子，他们由于缺乏本国政府的支持而处于垂死挣扎的边缘……这些接受过美国教育的知识分子，他们的思想、表达和教学的方式和我们一样，他们代表了美国在中国的切实利益，同时他们也是斗争进行的重要因素。然而在过去一年中并没有可行的措施来帮助他们，只有美国联合援华会对其进行了一些援助罢了。"

早在1933年，费正清执教清华大学一年，他对清华大学和北平留下了深刻印象，也可视为清华的校友。他和当时在西南联大的梅贻琦校长及很多教授在那个时期就熟识，有些成为朋友。在昆明的一周内，他去过六个教授住所，和十二位教授进行了交谈。依据这些交谈，费正清致希斯的信中，再次强调了清华大学尤其代表了美国利益，在北平的教学楼和教学设备落入日本人手中后，"如今这些教师是美国三十余年投资仅剩的部分，他们的处境需要特别关注”。在昆明一周时间，费正清就敏锐地发现，西南联大在经费方面并没有因学术地位而得到应得的数目。国民党政府根据招生数量而不是学术水平提供援助，国民党和教育部鼓励年轻的教员加入国民党，而这部分人会受到款待和重庆方面特殊的支持与关照。费正清对此非常反感。他甚至认为，处于窘困中的西南联大这些教授可能是“官方故意的受害者”。

在重读费正清致希斯的这封信时，我们不得不佩服费正清对问题的洞察。他不仅把援助清华大学教授视为保护美国的利益，而且认为清华大学教授与教育部部长陈立夫的矛盾冲突，是一场持久的斗争，是国民党政府与维护美国价值观的教员之间的较量。费正清告诉希斯说：“现任教育部部长陈立夫博士一直致力于对中国知识分子的生活实行严格管理，经过不懈的努力，他已掌控着清华大学以及其他大学的办学方针政策。尽管如此，他在清华大学遇到了资深留美归国教授们的坚决反对。这是一场持久的斗争，这是拥有权力与财政支持的国民党和教育部门与决心保护美国传统的自由教学方式的教员之间的较量。然而这也是一场不平等的较量，因为教员只能通过廉价出售收藏的书籍和衣服来维持生活，而这些微薄的生活来源很快就会消耗殆尽。”费正清认为，这些教员除非得到援助，否则只有一个结果：“营养不良、疾病，最终代表美国自由理想的教员士气低落，走向消亡、离散或堕落。”

从昆明到重庆后，费正清拜访了当年推荐他到清华大学任教的蒋廷黻。他向蒋廷黻表示，只要战争结束，知识分子的重要性就会体现出来，至少从美国利益的角度看，知识分子应该受到重视。1942年10月5日，费正清在一个活动上见到了陈氏兄弟陈立夫和陈果夫，他的印象是，“民国教育部部长陈立夫是一个具有长老会教友容貌与气质的矮个子，他的发言多数强调为民主与自由而办教育”。费正清应该觉得这是陈立夫的表象。一年后，1943年11月费正清在重庆与陈立夫有一次较长时间的谈话，他在11月3日致美国驻华大使的备忘录中说：“通过之前以及这次与陈部长的谈话，我深刻地感受到教育部部长对于教育的理解和兴趣非常表面化，似乎他根本没有时间思考我们谈论的相关主题。”而在之前的7月，费正清再次访问昆明时，他在当时的记录中留下了自己的观察：“CC系一心想要打压西南联大的教授。各个专业的教授们公开表示他们对当局不再有任何的义务，他们将竭尽全力寻找自我谋生的方式。”

费正清于是显得悲观，他在1943年9月给柯里博士的信件中说："清华大学和北京大学那些受过美国教育的自由主义类型的学者，是美国制度和科学标准的最佳典范，但他们仍然无法给中国带来什么活力。对于共产党问题这一真正的争论点，他们多半是反对派。他们希望推动国家前进，但指不出具体方向。"这就是费正清初到西南联大时发现的教授们与物质困境相关的精神困境。

根据费正清回忆录记载，他为贫病交加的西南联大教授们做了很多纾解困难的工作。1943年通过私人渠道为西南联大教员运来药物，包括大量维生素$B_1$。他的夫人威尔玛将药物及贵重物品如钢笔、手表等源源不断运送到美国驻昆明领事馆，再通过陈岱孙教授秘密地将它们以工资补贴的方式分发下去。在费正清夫妇的力促下，美国国务院文化关系司邀请多位教授前往美国访学交流，并获哈佛燕京学社的资助。在费正清的督促下，柯里博士说服陆军特别服务处拨付了五千美元，作为邀请中国教授为驻扎在昆明的美国军队讲演的酬劳。此事，梅贻琦在1943年9月28日的日记中曾有记载："晚在寓请客便饭，系为约集中美关系人商谈为美军官兵讲演事。"

许多年以后，在写作回忆录时，费正清从当时大量的文字记录中得出结论："作为国民党政权的象征与中心，1943年年底，蒋介石已经失去中国知识界的信任和忠诚。”也就是在1943年，在费正清写给柯里博士的那封信中，他提出了这样一个问题：“对于中国一片混乱的状况，我思考我该做什么的时间越长，我就越会得出一个结论，即自己也会采取和共产党同样的做法。只有激进的方式才能推动社会向前发展。”几年以后，不仅是他熟悉的西南联大的一些同事，而是更多的知识分子采取了他所说的激进做法，成为革命者。费正清这位既是中国自由主义知识分子的知音也是中国左翼知识分子的友人或许没有料到，在中国知识分子面临道路抉择的关键时刻，毛泽东在那篇著名的社论中说：别了，司徒雷登。

# 『五四』的光和影

为『一二·一惨案』中死难烈士殡仪的西南联大学生——

## 一

西南联大在昆明的首次常务委员会是1938年4月19日下午召开的。这次会议的议决事项之一是确定本学期开学时间："本校本学期定五月二日开学，办理各院学生注册缴费等事。各院并得酌量情形及早开课。"查《郑天挺西南联大日记》，5月5日日记的最后一句是："学校以今日上课。"

在5月2日至5日的那几天，蒙自分校的教授们除了指导学生注册选课外，2日晚上召开教授会，推举校务委员，复投票选教授会主席；4日下午三时在蒙自中学礼堂参加北大学生的"五四"纪念活动。

郑天挺和朱自清在日记中都记载了这两天的活动。郑天挺5月2日日记："下午四时逵羽、廉澄、佛泉、书琴、濯生、莘田、雪屏、从吾、建功、宾四谈校务委员会选举事，以孟邻师意在逵羽、廉澄、岱孙、佩弦，转告之，同人皆以为可。下午七时开教授会，推四人为校务委员，复投票选教授会主席，汤锡予得票最多，陈岱孙次之，余又次之。后投票选书记，朱佩弦得票最多。”朱自清当天的日记说：“开教授会选举代表，陈岱孙、赵迺抟、樊达羽和我当选，大家都主张建立一常设组织，汤锡予当选为主席，我当选为秘书。”这里的“樊达羽”可能是出版时的误植，应为“樊逵羽”（樊际昌，字逵羽）。

这一天，有苗族同胞来学校表演，郑天挺的印象是：“持芦笙且吹且舞，音低缓而步伐速，亦可异也。”散文家朱自清则描述道：“看苗族男子舞蹈，有独舞与对舞。独舞者边舞边奏芦笙，两腿交替跳跃。对舞者时而互相踢脚，时而互相追逐，踢踏动作颇活泼。我们以酒款待之。”也许是兴奋所致，教授们当晚也演唱了。

开学之初选校务委员和教授会主席，西南联大对现代大学制度的坚守没有在南渡中失落。4月19日的常务委员会，将蒙自分校和昆明本校应设校务委员会作为议决事项，5月13日的常委会又根据选举结果，聘任蒙自分校总务主任樊际昌为分校校务委员会主席。这些细节演绎的是“五四”以后中国现代大学“教授治校”的故事。

1938年5月4日这一天忽晴忽阴。朱自清、罗常培、钱穆等演讲。朱自清在日记中说："北大学生集合纪念'五四运动'，他们要我致辞，乃讲了当年事，博得笑声颇多。然未细谈，殊遗憾。"在这一天的日记中，朱自清还记下了一个细节：闻一多开始蓄须。在后来关于西南联大的故事中，有人将5月4日当作西南联大在昆明的开学日期，或许是未查阅联大常委会的记录。但以蒙自分校师生纪念"五四运动"计，不妨说西南联大是在"五四运动"十九年之际开学的，这是西南联大的开始。

八年过去了，西南联大的结束又选在5月4日这一天。1946年5月4日上午九点，在图书馆举行的毕业典礼上，梅贻琦先报告，然后是三校代表汤用彤、叶企孙、蔡维藩相继致辞和来宾讲话，最后是冯友兰朗读联大纪念碑文。会后在后山为纪念碑揭幕，再到图书馆前拍照时，小雨落下，拍照方毕雨势忽大。

## 二

"自古以来，中国的知识领域是由文学独霸的，现在，北京大学却使科学与文学分庭抗礼了。历史、哲学和四书五经也要根据现代的科学方法来研究。为学问而学问的精神蓬勃一时。

保守派、维新派和激进派都同样有机会争一日之短长。背后拖着长辫、心里眷恋帝制的老先生与思想激进的新人物并坐讨论，同席笑谑。教室里、座谈会上、社交场合里，到处讨论着知识、文化、家庭、社会关系和政治制度等问题。”学术自由、兼容并包的场景在蒋梦麟的叙述中栩栩如生。一方面是坐冷板凳为学术而学术，另一方面则是在公共空间中指点江山。

1917年，蔡元培出任北京大学校长，开始一连串的重大改革。科学与文学的“分庭抗礼”是一大革命，今天许多理工科背景出身的校长可能已经不知道这一革命性的变化是一位人文学者催生的；如果没有这革命性的变化，大学可能仍然是书院。蔡元培校长始料未及的是，多少年以后包括文学在内的人文学科已经无法与“科学”分庭抗礼了。

中国现代大学制度的建立是“知识革命”的种子繁育滋长的过程，这是蒋梦麟的结论。蒋梦麟在《西潮》（*Tides From West*）中提到“五四”三位人物的重要贡献：北大校长蔡元培提倡美学以替代宗教，提倡自由研究以追求真理；文科学长陈独秀则倡“赛先生”和“德先生”，认为那是使中国现代化的两种武器；哲学教授胡适进行文学革命，主张以白话文代替文言文作为表达情意的工具。“五四”的学生领袖之一周炳琳在西南联大1944年“五四”活动中也有同样说法。这是北大与“五四运动”关系的共识之一。自由研究导致思想自由，科学破坏了旧信仰，民主确立了民权的主张，知识革命终于引发思想革命。

“五四运动”之后，蔡元培于1919年9月间回到北大复职视事。北大的再次改革是将学术自由、兼容并包的理念落实在制度之中，中国的现代大学制度是在这个过程中逐步建立和完善的。在教务处负责教务之外，北大新设总务处处理学校庶务。校中最高立法机构是评议会，会员由教授互选，教务长、总务长，以及各院院长为当然委员，评议会有权制定各项规程，授予学位，并维持学生风纪。各行政委员会则负责行政工作。这个制度使北大走上教授治校的道路，学术自由、教授治校，以及无畏地追求真理，成为治校的准则。

在“五四运动”一百年之际，哈佛大学校长白乐瑞2019年3月在北京大学演讲时说：“时至今日，我们还能听到蔡元培校长的声音：‘大学者，囊括大典，网罗众家之学府也……此思想自由之通则，而大学之所以为大也。’北大人勇于探索新知，敢于推动变革，这首先得益于蔡元培校长的远见卓识。”这是白乐瑞题为“真理的追求与大学的使命”演讲中的一段话。倘若白乐瑞在清华大学演讲，他或许会说他能够听到陈寅恪的声音：

“独立之精神，自由之思想。”曾在哈佛大学师从蓝曼教授学习梵文和巴利文的陈寅恪，1929年撰《清华大学王观堂先生纪念碑铭》。碑铭云：“思想而不自由，毋宁死耳。斯古今仁圣所同殉之精义，夫岂庸鄙之敢望。”“来世不可知者也，先生之著述，或有时而不彰。先生之学说，或有时而可商。惟此独立之精神，自由之思想，历千万祀，与天壤而同久，共三光而永光。”

清华的革新和北大的历程大致相似。1926年4月15日修订的《清华大学组织大纲》（以下简称《大纲》）在《清华周刊》发布时，编者按云：“清华学校自革新以来，组织方面采用教授治校之原则。”根据《大纲》所载，“本校校长统辖全校事务”，但校长的“统辖”是在“评议会”和“教授会”的框架中进行的。“评议会”由校长、教务长及教授会互选之评议员七人组成，它的职权是：规定全校教育方针；议决各学系之设立、废止及变更；制定校内各种规则；委任财务委员会等各种常任委员会人选；审定预决算；授予学位；议决教授、讲师与行政部各主任之任免；议决其他重要条件。“教授会”由全体教授及行政部各主任组成，校长任主席，教务长任副主席，其职权是：选举评议员及教务长；审定全校课程；议决向评议会建议事件；议决其他教务上公共事项。

1936年5月16日通过的《清华大学规程》(以下简称《规程》)，在第三章“校内组织”中，关于校长、评议会和教授会的职权有不少调整。教务长改为校长聘任，院长由校长就教授中聘任，教授、副教授、讲师由校长得聘任委员会同意后聘任，这是行政权力和学术权力的进一步厘清。《规程》增加了校务会议的条款：“国立清华大学，设校务会议，由校长、教务长、秘书长及各院长组织之，议决一切通常校务行政事宜。”学术权力则分散在评议会和教授会。《规程》确定的评议会职权是：议决重要章制；审议预算；依据部定方针，议决建筑及其他重要设备；依据部定方针，议决各学系之设立或废止；依据部定方针，议决本大学派遣及管理留学生之计划，与留学经费之分配；议决校长交议之事项。原《大纲》中的“规定全校教育方针”被“依据部定方针”取代，这是教育部1929年6月12日第794号训令公布后的影响。教授会的职权除了不再选举教务长，其他无实质性的变化，授予学位成为教授会的权限。

长沙临时大学是一个过渡。1937年8月28日，教育部高等教育司致函梅贻琦，传达教育部关于任命长沙临时大学负责人的密谕：“指定张委员伯苓、梅委员贻琦、蒋委员梦麟为长沙临时大学筹备委员会常务委员。杨委员振声为长沙临时大学筹备委员会秘书主任。”由此有了后来西南联大的“三驾马车”。在这样的集体领导体制中，需要常委一人负执行责。8月29日，时任教育部部长王世杰电张、蒋、梅、杨，提出推举临大常委负责人的原则意见："组织规程第五条规定：常委一人负执行责，在使常委会议之决议对内对外随时有人执行，不必遇事临时推人。此为合议制度应有之办法，否则将缺乏灵活与统一。兹拟请诸兄互推一人，以便照章制定。如虞一人偏劳，则每隔两月重推轮任亦可。倘尚有其他意见，亦请见示为荷。”王世杰1933年4月出任国民党政府教育部部长，1938年1月卸任，这是位懂教育的部长。王世杰和胡适、傅斯年一道提议设立西南联合大学，他在长沙临时大学和西南联大组建中的贡献值得记取。“五四运动”爆发时，在巴黎大学读博士的王世杰，以旅欧中国学生首推代表身份，与留欧学生和华工一同围守出席巴黎和会的陆徵祥寓所，终使陆徵祥无法出席签字仪式。

西南联大由常委、秘书长、教务长、总务长、各院院长及教授代表组成的校务委员会，是学校的决策机构。长沙临时大学的第一次常委会是1937年9月16日召开的，会议“主席”是梅贻琦，这可能与蒋梦麟、张伯苓未出席有关。第二次会议记录未出现“主席”字样，直到1938年4月19日昆明首次常务委员会，再次明载“主席梅贻琦”，梅贻琦事实上负执行责。1938年12月21日，第98次常委会议决：“自本学年起，本校常务委员会主席任期定为一年，由清华、北大、南开三校校长按年轮值。本学年本会主席应请由梅贻琦先生担任。”后来为实行轮值制，1939年9月26日第121次常委会议决“本委员会主席，本学年仍请由梅贻琦先生担任”。在当时，要跨越三校设立评议会可能有太多的困难。三校既合也分，清华大学保留了原来的评议会，北大要不要恢复评议会，郑天挺和蒋梦麟曾经有过讨论，最终未落实。在此情形下，学术独立、教授治校的精神除了落实在由教授会代表参加的校务委员会，跨越三校的教授会就变得更为重要了。

在1980年10月回忆梅贻琦先生的座谈会上，陈岱孙回忆了那时的制度以及这个制度所起的作用。陈岱孙一分为二看待教授会、评议会，认为在当时环境之下，两者是针对那个时候的反动统治而成立的机构，用这个东西做“挡箭牌”。陈先生说，在1928年之前是对付军阀，1928年之后是针对国民党统治，抗战时期在西南联大是对付CC系的。梅校长只要说，这个事他不能做出决定，要问问教授，那么他就可以推托一下子，CC系就插不进来。在1980年陈岱孙如此肯定教授会颇有识见。

在处理大学与政治关系时，教授会确实在一定程度上能够起到“挡箭牌”的作用，但教授会的本意当是教授治学、学术独立，一旦这些精神和政治发生冲突，教授会如何处置便影响了学校的状况。

联大时期的工学院院长施嘉炀回忆说，在清华时期，梅贻琦便提倡教授治校，成立了教授委员会，重大事情，不管是教学的还是其他问题，都需要经过教授会的详细讨论，做出决议。教授会不是行政机构。教授会选出的代表和原有的校长、教务长组织一个评议会，根据教授会的建议，评议会决定后加以执行。座谈会上的吴泽霖没有提到教育的行政化问题，但他婉转地说到梅贻琦主持校务的做法对现在的启示：“结合我们现在的形势，现在教育行政上面的情况，再回头看看，梅先生主持的清华校务，的确是很多东西值得借鉴，汲取。他的长处是不少的。大家都知道，清华是以民主治校而出名。这个不是梅先生创造的，但是梅先生坚决执行了这个制度。在国民党各种压力下，他维持了这个制度。这是很不容易的。”坚持这个制度，需要校长自我约束权力，约束了权力，才能坚持民主治校。

当我们今天回溯这段历史时会发现，大学精神、大学制度和知识分子人格是融合在一起的。“五四”催生了中国现代大学的制度革新，而这个过程是由许多亲历“五四”或受“五四”洗礼的知识分子完成的。就像我们今天常常说到知识分子有没有经历八十年代一样，那一代知识分子是不是“五四”之子在很大程度上影响了他们后来的政治和学术生涯，也影响了中国现代大学的面貌。

## 三

陈岱孙1980年谈到了当年大学和CC系的关系。以陈立夫、陈果夫兄弟为首的国民党派系，在1938年以后虽然组织形式不复存在，但它在文化教育领域的势力根深蒂固。1953年陈寅恪在谈王国维纪念碑碑文时说：“当时正值国民党统一时，立碑时间有年月可查。在当时，清华校长是罗家伦，是二陈（CC）派去的，众所周知。”从二十年代到四十年代相当长的一段时间，教授治学、学术独立状况都与CC系有着这样那样的关系。

1942年10月5日，费正清在重庆走访四所大学，他见到了教育部部长陈立夫。费正清当时的文稿说，陈立夫的发言“多数强调为民主与自由而办教育”。但费正清观察中国教育的结论与陈立夫的发言完全相反。他在致希斯的信中说："现任教育部长陈立夫博士一直致力于对中国知识分子的生活实行严格管理，经过不懈的努力，他已掌控着清华大学以及其他大学的办学方针政策。尽管如此，他在清华大学遇到了资深留美归国教授们的坚决反对。"费正清发现，陈立夫对大学的管制在教育部试图控制各大学课程内容一事上呈现出来。费正清悲观地认为，教育部发号施令没有人质疑，教师按照规定教学也没有人质疑。此时的费正清可能还不知道，他熟悉的西南联大那些教授在陈立夫三度训令之后做出了反抗。

教育部三度训令西南联大，要求遵守教育部规定的应设课程、考核学生成绩方法，各课程教材亦须呈教育部核示。闻一多在1946年一次谈话中提到此事仍然十分反感："大学里的课程，甚至教材都要规定，这是陈立夫做了教育部部长后才有的现象。这些花样引起了教授中普遍的反感。有一次教育部要重新'审定'教授们的'资格'，教授会中讨论到这个问题，许多先生，发言非常愤激，但，这并不意味着反对国民党的情绪。"任继愈也回忆说，国民党时期全国高校都要上"党义"课，教者照本宣科，课堂稀稀拉拉，学生勉强应付。惟有西南联大不设"党义"课，以"伦理学"代之。全校学生分四个大班，没有容纳这么多人的教室，就在露天上课。

由冯友兰执笔的致联大常委会函，要求学校呈请教育部将本校作为训令之例外："盖本校承北大、清华、南开三校之旧，一切设施均有成规，行之多年，纵不敢谓极有成绩，亦可谓为尚无流弊，似不必轻易更张。"信函的核心除了讲大学、学院所授内容不能整齐划一，重点在区分行政权力与学术权力，坚守学术自由、兼容并包的治校原则，维护教授之尊严。信函云："教育部为最高教育行政机关，大学为最高教育学术机关，教育部可视大学教学研究之成绩，以为赏罚殿最。但如何研究教学，则宜予大学以回旋之自由。律以孙中山先生权能分立之说，则教育部为有权者，大学为有能者，权能分职，事乃以治。今教育部之设施，将使权能不分，责任不明。"这是讲行政与学术权力的分际，在谈到不能以行政权力代替学术权力时，信函进一步说明大学教育要超越时局和政治："教育部为政府行政机关，当局时有进退；大学百年树人，政策设施宜常不宜变。"既然是教授治校或治学，教授的话语权便不能动摇："今教授所授之课程，必经教育部之指定，其课程之内容亦须经教育部之核准，使教授在学生心目中为教育部一科员之不若。在教授固已不能自展其才，在学生尤启轻视教授之念，与部中提倡导师之意适为相反。”信函还嘲讽了昨日之教授、今日之员司的那些人:“教育部今日之员司多为昨日之教授，在学校则一筹不准其自展，在部中则忽然智周于万物，人非至圣，何能如此。”这封信函堪称现代教育史上的经典文献。

熟悉中国政治的费正清自然明了CC系和蒋介石的关系，他在1943年3月的日记中写道:“随着通货膨胀造成的消耗仍在继续，政府似乎越来越不得不专注于紧握实权。思想、改革以及各类项目都退居其次。因而，一位朋友表示，委员长已经转向依靠CC系，将其作为组织众人对抗内外攻击的核心力量。而CC系是热衷于权力并通过严密管理来保护权力的典型团体。他们并没有什么革新的能力。”1944年5月，郑天挺闻听陈立夫“改内政”、蒋梦麟“任教育”，在日记中这样评价陈立夫:“立夫主教且七年，滥账一篇，极难爬梳，然师若不出，恐将更无人能清理之。立夫于选举自甚熟心，但于教育未必放手。”

蒋介石对于这样的“滥账”也非常不满意。1943年11月23日，郑天挺和章廷谦、姚从吾、罗常培同往拜谒顾孟馀，杨振声随后也来到顾孟馀下榻的金碧别墅。顾孟馀早年曾任北大教授兼教务长，于北大发展亦有贡献。此时顾孟馀已经辞去中央大学校长数月。顾虽赋闲，但对学术和政治均有独特见解。

他们谈了两个多小时，郑天挺在当日的日记中记下了“所谈有可注意者数事”:“委员长对现行教育深为不满，尤不满‘五四运动’，尝称之为‘亡国的五四运动’，并谓‘五四运动’较之军阀尤甚，每谈及教育现状，莫不痛惜；今之人每责备立夫，不知立夫乃奉行委员长之政策，非自作主张也；今后大学教育，理工方面不待提倡，自然发达，吾人应留意于文法方面，尤其社会科学，必求其中西贯通无间，杜威所谓中西文化结婚是也；新文学运动应再求其进步复杂，现行之白话，语汇、文法均嫌不够；宪政应养成民主力量，不能专注意条文；蔡先生时之北大，超然于社会政治，乃历史的奇迹，各国所未有，今后不能再。”顾孟馀数语道出了这个时期大学教育与学术的现状，也为我们理解此后一段时间蒋介石、教育部与大学和知识分子的关系提供了观察的视角。

此时的西南联大已经无法超然于社会政治，梅贻琦等不得不与政府周旋。1945年9月20日，“全国教育善后复员会议”在重庆召开。25日蒋介石在军委大礼堂召宴，梅贻琦的位置在蒋介石之左，两人得以交谈。在宴会结束时蒋介石致辞，主要内容是:“迁移应在明年课业结束之后；西北西南各校除少数外，宜留设原处；战后建设应农、工并重；学校应质、量并重。”时在政府任职的原北大政治学教授周鲠生致答词，说注重大学自由研究之重要。梅贻琦以为周的措辞颇好。

梅贻琦念兹在兹的还是学术独立。1946年6月7日，在教育部部长朱家骅安排的饭局上，很多大学校长在座，朱提及改订大学组织法及简化课程等问题，梅贻琦提出：大学可否不设训导长？青年团可否不在校内设分团？朱没有回答第一个问题，对第二个问题表示须与团部商量。14日的日记，梅贻琦又谈到此话题："三点与经农至教部，与翟毅夫谈。对于主席手谕关于清华复校后如何整顿学风、恢复学术研究风气二点，余谓应实现二事：1. 生活安定；2. 研究设备充实，然后学术风气自必恢复。"

6月25日，蒋介石在南京官邸约谈梅贻琦。蒋介石名义上关注的是清华大学复校后如何整顿学风、恢复学术研究风气，实际上是对西南联大学生运动和教授对时局的言行不满。当日下午三时半后，梅贻琦雇车赴中研院候朱家骅同往蒋介石官邸。梅贻琦在当日的日记中详细记述了他与蒋介石会面的情形与谈话内容：

> 五时到军校官舍，在外客厅坐数分钟后，有他客出，始被让入内室。主席着蓝长衫，颇安闲。谈话约半时，首

告以数日前往北平查看校舍情形，问：复校计划何如？答：现正赶修各部，暂定双十节开学。问：师生能赶到否？答：希望大部分届时能到平。问：下年校中办法如何？答：仍当注重学术研究风气之恢复，倘使教授们生活得安定，研究设备得充实，则研究工作定更有进展。随即提清华教授中近有少数言论行动实有不当，但多数同人深不以为然，将来由同人自相规劝纠正，谅不致有多大（不好）影响。朱乃提及关于东北事件百余人宣言之事为证。朱又谓曾商量过关于教授长（原文如此——整理者）及院系主任人选之更动，总使主要负责者为稳健分子。至此余乃谓此数人以往在学术上颇有成绩，最近之举动当系一时之冲动，故极希望能于规劝之中使其自行觉悟，则其后来结果必更好。对方似颇颔首。余继谓此数人之如此或尚有一原因，即其家属众多或时有病人，生活特困难，而彼等又不欲效他人所为在外兼事，于是愁闷积于胸中，一旦发泄，火气更大。主人点首曰，生活问题实甚重要。朱因乘机提教员待遇及经费应增高问题。余问：主席看北方局面是否可无问题？答：吾们不能说一定，或者不致有大问题。言时笑容可掬，其或笑余之憨，余亦故为此问也。承款以糕点杏仁露。朱又报告关于某省厅长事。辞出时承送至门口，似特客气矣。

梅贻琦的回答迂回婉转，把所谓问题产生的原因归咎于生活的不安定和研究设备的不充足。或许是说了多数同人不认可少数不当言论，蒋介石对梅贻琦颇为客气。在这次谈话后回到昆明不久，闻一多被杀。

## 四

西南联大的两次“倒孔”将联大和政府的冲突表面化了。

朱自清1942年1月6日的日记，对第一次“倒孔”事件有简单的叙述："学生们发动了一个反对孔祥熙的运动。起因是《大公报》社论揭出孔家的狗的新闻。下午，学生以闪电般的速度组织了游行队伍，出乎有关方面意料。幸好梅校长与蒋校长立刻访问了主席，成功地劝说他在此次事件中持不干涉态度。学生们秩序良好，未有任何举动。”所谓狗的新闻，是指香港沦陷后，孔家的宠物狗也随飞机飞回内地。

孔祥熙留给西南联大教授的印象似乎不好。冯友兰后来回忆说在重庆的一次学术评议会上，有个面团团如富家翁的人说："现在教育界有些不同的意见，议论纷纷，很不好。"冯友兰不识此人是孔祥熙，傅斯年说："这就是孔祥熙，骂到你们头上了，你得发言批评他。"傅斯年一直是"倒孔"的先锋。在孔祥熙发言后，冯友兰说，孔院长说有不同的意见，不同的意见是有的，但要看是一些什么意见。中国的哲学史上，有程朱与陆王的两派之争，当时有人说，程朱、陆王之同异，是不可和之同异，亦不可无之同异。有些同异，就是不可无的。冯友兰的发言有理有据有风度，孔祥熙散会时走过来和冯友兰握手，也不失风度。后来孔祥熙要办孔教会，请冯友兰当院长，冯友兰回答说，没有办这种会的必要，如果要办，他也办不了。

为了学校财务，西南联大的几位领导人也不得不与孔祥熙周旋。1944年3月5日，孔祥熙从重庆到达昆明。同行的教育部次长顾毓琇邀孔参加联大孙中山先生纪念周并演讲。顾毓琇给孔祥熙安排的活动是与联大同人座谈，并向学生讲话。梅贻琦、蒋梦麟和郑天挺决定日内开茶会，请全体教授参加，至于讲演，他们觉得学校无相当教室，如在露天场地讲演则担心秩序太乱，因而婉言辞之。招待孔祥熙和宋子文的茶会确定9日下午，假马晋山军政部办事处举行。

在3月8日的常委会上，梅贻琦报告了他与蒋梦麟昨天和孔祥熙商谈联大经费及同人生活的情况。孔祥熙答应由银行借给联大周转金三百万，在联大设讲座五十席，每席提供一万元。在当晚欢送萧叔玉欢迎顾毓琇的公宴结束后，郑天挺和杨振声、周枚荪、钱端升、张奚若、顾毓琇等在才盛巷杨振声室内畅谈，郑天挺在日记中说："诸公对于讲座一万元之数深致不满，而周转金对同人亦无好处。"他们几位商量，由郑天挺和教务长杨石先在茶会上发言，提出包括"中央拨款往往过迟，提请早以资周转"等五事项。在顾毓琇走后，几位再思考，又觉得不妥，担心茶会外人甚多，如此发言恐失同人身份。这就是知识分子的矛盾所在，既想抗争，但又不想失去体面。如何保持尊严呢？周枚荪、张奚若、钱端升等决定不参加欢迎孔祥熙的茶会。

9日下午四点开始的茶会场面够大，龙云、卫立煌、黄仁霖等也与会。茶会前军委会战地服务团团长黄仁霖视察会场，问马晋山今天茶会有没有人放炮，马问郑天挺，郑回答，联大同人发言之机会尽多，今日何能蔑宾主之礼？茶会先由蒋梦麟致辞，孔祥熙、龙云先后演说，梅贻琦欢迎、致谢，再由杨石先等发言。看来随员未给孔祥熙准备讲稿，这位耶鲁大学的毕业生大概懂财经不善演说，或者在这么多教授面前亦有些心虚，否则不至于向大家称颂而又词不达意。相比之下，龙云的演说“言简而情长，且甚锋厉”。龙云说，西南联大同人之清苦，个人欲帮忙而力不从心；联大在此穷苦奋斗，本当多多帮忙，但自制度改变，无能为力。龙云之“制度改变”是说省政府没有预算权，是“中央”统一预算。此言将联大的困境归咎于“中央”了，所以郑天挺说他言辞“甚锋厉”。按照上一天的商定，杨石先发言时只是略述同人及学生苦况。主持会议的顾毓琇示意郑天挺发言，郑以眼神止之。在学生发言后，梅贻琦担心发言者层出不已，急忙起立结束会议。孔祥熙也顺着台阶说，诸公如有意见，可随时给他书面材料。

郑天挺说蒋梦麟有先见之明。当初顾毓琇提出安排孔祥熙演讲时，蒋梦麟以无礼堂婉辞。这场讲座还是安排到了云南大学的至公堂。黄仁霖认为一切均妥，秩序没有问题。孔祥熙与各校长入场时，嘘声大作，登台时嘘声更大了。场内嘘声未止，场外又响起嘈杂声。用郑天挺的话说是“不成体统”。蒋梦麟上台致辞的声音也被场内外嘈杂声淹没。孔祥熙演讲一会儿，场内才安静下来。当他讲完，梅贻琦作结束语。离开至公堂时，学生又发出嘘声，好在乐队奏乐，压过了嘈杂声。抗战后期，学生对当局的不满已经开始浮现。郑天挺觉得庆幸的是："昨日将此消息严秘，迟至今日始张布告。若早透漏，有人组织突张标语，高呼打倒，则其结果更有不堪设想者矣。"3月第二次"倒孔"，在梅贻琦的日记中比较简单，11日日记："上午九点半请孔院长为两校学生训话，在云大至公堂，来听者甚多。堂小拥挤，秩序稍乱，幸不久即平靖，此场得圆满结束，非初料所及也。"

联大学生对11日"倒孔"的记叙则不像梅校长那样轻描淡写。公唐在《倒孔运动》中说，那一天有人喊出了"打倒贪官孔祥熙！"还有人当着孔祥熙的面说："你看他胖得像猪一样。"根据这篇文章所记，在学生嘘声时，蒋梦麟幽默地说："因为同学们都想瞻仰孔院长的风采，有些人看不到孔院长，所以秩序乱一点。"

## 五

第二次"倒孔"后一个月，从重庆返回昆明的蒋梦麟已察觉政局或有变动。蒋梦麟在重庆感觉人情浮动，不似往回，大都以财政、宪政为核心问题，在和郑天挺的谈话中提到，孙科在青年团干事会上攻击训练问题，认为与民主越来越远；哈佛大学教授联名致函美国政府，谓中国统一学生思想，此类学生到美国后应该拒绝；青年团干事会决议“倒孔”；等等。过了几天，中法大学学生罢课。1944年4月24日，陈雪屏得到消息，公费留学考试停止，已经取得私费出国的学生及教授出国也一律暂缓。据说这是蒋介石的手令，理由应当是交通安全问题。梅贻琦第二天证实了这一消息，又说教育部还不愿意宣布。

谨慎的梅贻琦对时局毫无把握。5月29日日记写道：“晚约杨耿光（杰）便饭，兼约努生、奚若、枚荪、端升、毅生、伯伦、之椿、光旦、岱孙及陈勋仲、朱健飞会谈，谈后使人对于国内战局益觉无把握耳。”6月7日，下午五点联大会议，饭后闲谈，涉及时局问题颇有争论：“有谓政府不当应自由批评，庶有改革可望（张、周）；有谓目前空气不靖，且有倡国防政府之议者，吾辈言论宜多小心，勿为政客所利用（吴、梅）。实质并无冲突，只是激烈者与慎重之别耳。”

政局的浮动，也引起联大教授们对行政院人事变更的猜测，焦点逐渐转移到蒋梦麟身上。追随蒋梦麟多年的郑天挺似乎不太赞成学人从政，在重庆政局不宁之际，他想到了久居部曹的教育部次长吴俊升，觉得他不宜做官，应该回校教书。之前，在闻言蒋梦麟可能掌教育部时，郑天挺极为赞成。但到了1945年6月，当郑天挺听说蒋梦麟出任行政院秘书长时，他在28日的日记中说："余疑其不确。果有此事，未免辱人太甚。不惟个人之耻，抑亦学校之耻。师果允之，则一生在教育界之地位全丧失无遗矣。"

无论是被迫就职，还是自愿，蒋梦麟就任行政院秘书长在北大教授同人中激起风浪。理解也好，赞成也好，反对也好，所有人都面临了一个原则问题：行政与教育不应混而为一，原则上校长不应由行政官兼任，传统上北大也无此先例。在6月30日的教授会上，周枚荪、吴之椿等都坚持这一原则。蒋梦麟就任之后，曾到过昆明，但未与北大同人见面，更引起同人不满。周枚荪在会上说，此次蒋梦麟未能先回昆明和同人商量，"实属错误"。

这出乎蒋梦麟的预料。在朱家骅、傅斯年等当面劝说辞职后，蒋梦麟自己也觉得必须辞职了。8月7日，蒋梦麟飞回昆明，与北大教授话别。郑天挺在当日的日记载，蒋梦麟在会上说："校长不能兼任法系在教育部时所自定，不能自毁，故决定辞职。"10月9日蒋梦麟又辞去联大常委职，辞职书云："梦麟业已辞去国立北京大学校长职务，所有国立西南联合大学常务委员兼职，自应一并解除，即希查照为荷。”在蒋梦麟辞去联大职务之前一天，教育部已训令，聘傅斯年为该校校务委员会常务委员。

在政治与学术之间挣扎的还有冯友兰。1945年5月国民党召开第六次全国代表大会，冯友兰是以河南省代表与会的。冯友兰有些犹豫，但最终还是接受了代表的身份。在代表大会的预备会上，冯友兰被选进了主席团。朋友对冯友兰说："你大概已经是确定要当选中央委员了，但是中央委员对于别人是一种资本，对于你却是一种负担。"会议期间蒋介石宴请有关代表，蒋介石单独找冯友兰谈话。蒋介石说："大会要选举你为中委。"冯友兰说："我不能当。"蒋介石问为什么，冯友兰回答："我要当了中委，再对青年们讲话就不方便了。"蒋介石说："那就再说吧。"5月25日冯友兰从重庆飞回昆明，第二天他和郑天挺谈及国民党六全大会，说最初改定政纲表现甚好，最后一日选举中央委员深使人失望。之前，郑天挺在报纸上看到中央委员选举结果，在日记中评价此事说："本校今有四，较之他校已多，而同人中犹有以为未足者，殊不可解。就党而言，多一教育界人自然多一分生气；但就校言，多一中央委员更多一分麻烦。"

查梅贻琦日记，他对蒋梦麟任职行政院秘书长后是否兼职北大校长并无什么反应。显然，梅贻琦是谨守分际的。蒋梦麟是以北大校长身份担任西南联大常委的，是否兼职北大校长，应该是蒋梦麟本人和北大的事。在蒋梦麟辞职的那个月，1945年10月28日晚上，梅贻琦赴章矛尘之约，与北大同人聚餐。饭后谈及时局及学校的将来，梅贻琦记道："盖倘国共问题不得解决，则校内师生意见更将分歧，而负责者欲于此情况中维持局面，实大难事。民主自由果将如何解释？学术自由又将如何保持？使人忧惶！深盼短期内得有解决，否则非但数月之内，数年之内将无真正教育可言。"梅贻琦忧心国共问题会加深校内师生之间的分歧。在纷扰的时局中，梅贻琦想到的是超越政治的学术自由。11月5日，在潘光旦家和闻一多兄弟、曾昭抡、吴晗、傅斯年、杨今甫等酒后谈及政局与校局问题，到十二点才散去。梅贻琦在当天的日记中记下了他的想法："余对政治无深研究，于共产主义亦无大认识……对于校局，则以为应追随蔡孑民先生兼容并包之态度，以克尽学术自由之使命。昔日之所谓新旧，今日之所谓左右，其在学校应均予以自由探讨之机会，情况正同。此昔日北大之所以为北大，而将来清华之为清华，正应于此注意也。"

梅贻琦是清醒的。但他也越来越疲倦了。1946年3月11日，在家整理花草的梅贻琦生出感慨："从事教育逾三十年，近来颇感失望。他日倘能如愿，吾其为老圃乎！"

## 六

"扰攘不安的岁月"，这是蒋梦麟在《西潮》中用来叙述"五四"之后北京大学秩序的一节标题。他感叹蔡元培和胡适之预料的准确：学生们在"五四"胜利之后，果然为成功之酒陶醉了。在蒋梦麟的笔下，学生已经脱序了："学校里的学生竟然取代了学校当局聘请或解聘教员的权力。如果所求不遂，他们就罢课闹事。教员如果考试严格或者赞成严格一点的纪律，学生就马上罢课反对他们。他们要求学校津贴春假中的旅行费用，要求津贴学生活动的经费，要求免费发给讲义。总之，他们向学校予取予求，但是从来不考虑对学校的义务。他们沉浸于权力，自私到极点。有人一提到'校规'他们就瞪起眼睛，噘起嘴巴，咬牙切齿，随时预备揍人。"

蒋梦麟所说的这些现象，也许不能视为"五四"的余绪，但运动确实改变了既往的秩序。在很长时间，学生运动都是现代中国政治革命的一部分。蔡元培校长赴欧洲旅行，蒋梦麟再度代理北大校长，此时孙中山先生致信蒋梦麟，对北大各种运动“大加赞誉”，并勉励蒋梦麟“率领三千子弟，参加革命”。在谈到辛亥革命的发生时，蒋梦麟说：“一个运动的发生，绝不是偶然的，必有其前因与后果。在知识活动的蓬勃气氛下，一种思想上和道德上的不安迅即在学生中发展开来。我曾经谈过学生如何因细故而闹学潮的情形，那主要是受了十八世纪以自由、平等、博爱为口号的法国政治思想的影响，同时青年们认为中国的迟迟没有进步，并且因而招致外国侵略应由清廷负其咎，因此掀起学潮表示反抗。”思想上和道德上的不安，因落后而受外国侵略的抗争，一直是二十世纪中国主要的社会心理和思潮。

发生“五四运动”的情景似乎又一次出现了，1944年、1945年西南联大学生运动不时兴起。西南联大《除夕副刊》主编的《联大八年》于1946年7月出版，这本书收录了近距离叙述学生运动的文章。除夕社是在1945年“一二·一运动”中由左翼青年学生发起成立的，当时参与协调民盟、民青工作的中共地下党员洪德铭，在后来的回忆文章中曾经说除夕社一部分同学思想“极左”。

《联大八年》代序《我们的道路》说：“抗战几年来，联大在学术工作上，在民主运动中，总算尽了它的一部分力量。”在回溯了从长沙到昆明的历程后，代序说，“一二·九”给予了青年们各方面的解放，这种状态也带到了昆明，同学们的生活热烈、痛苦而鲜明。这一情形一直维持到1940年的春天。“皖南事变”也给西南联大投下了阴影：“这时，政府封闭了除重庆以外所有的新华报馆和生活书店，公开大批逮捕所谓‘奸党分子’以及他们认为有嫌疑的人士。看一本大众哲学之类的书籍就可能受到盘查，学校里稍稍前进的活动都被认为‘危险’而遭受监视。于是从这时起，联大沉默了，壁报没有了，讨论会没有了，一切团体活动都没有了。同学们见面不敢说一句真话，大家敷敷衍衍，彼此都存着戒心。学校像死一般的沉寂。”在这样的沉默初期，联大的学生们将活力转移到书本里，在图书馆抢座位的风气盛行一时，排队预约常常到四五十米。但这不是长久之计，死读书不能解决沉郁的情绪和沉重的生活负担。此时，“大家似乎还摸不清究竟是怎样的一个大东西把自己死死地压住，想来想去，基本问题总不得解决”。赌博、不正当的恋爱、跑仰光寻求投机以牟利等现象便滋生出来。

对学生中的这些现象，联大师范学院黄子坚院长说不应当存在，应该改正。但学生对黄子坚的方案用嘲讽的口吻说："然而不知道是他不能指出，抑或是不敢指出这些现象发生的原因，他只贡献了一个解决方案：钻到书本里去。找不出问题的症结，当然就不能解决。"所以，学生对黄先生的建议"不予受理"。其实，以黄子坚的阅历和智慧，应该能够明了问题症结所在。在乱世，老师建议学生不问世事埋头书本，几乎是通行的也很善意的规劝，但对于已经被"解放"了的学生来说，这种规劝几乎是无效的。就像无法抱着《庄子》《楚辞》去前线抗战一样，在校园埋头书本未必能够安下已经躁动的灵魂。《我们的道路》留存了联大同学在十字路口徘徊的身影："问题没有解决，心上的疙瘩没有去掉，同学们的生活自然不会明朗，依然是踌躇，游移，彷徨和窒息。"

踌躇、游移、彷徨和窒息的生活被一个"大东西"死死地压住，这就是：国家由专制独裁而引起的政治、经济、教育等各方面的危机。在联大一部分同学的视野中："说政治，则因人设事，无官不贪，机构重叠，丝毫无效率可言。说经济，则通货膨胀，物价跳涨，官僚资本泛滥横行，工商业凋敝，因而人民生活日渐低落，社会道德无法维持。说教育，则因党化教育所引起的后果，内容逐渐苦窳；物价跳涨的结果，师生生活异常不安，教授教员终日忙于兼差和烧柴煮饭，学生也都四处钻营，总希望能够有一个糊口的工作，这样，谁还能有心于学术？社会上因为言论、出版等等自由的剥夺，民气表现异常消沉。”情绪的爆发是无疑的，只是时间的问题。此时的联大，仿佛在等待雷声和闪电，然后就是暴雨、大雨或小雨，“倒孔”事件只是青年学生反抗专制独裁的一个前奏。

1945年的“一二·一运动”之后，闻一多在一次谈话中说：“联大风气开始改变，应该从三十三年算起，那一年政府改三月二十九日为青年节，引起了教授和同学们一致的愤慨。抗战期中的青年是大大地进步了，这在‘一二·一运动’中表现得尤其清楚。那几年同学中跑仰光赚钱的固然有，但那究竟是少数，并且这责任归根究底，还应该由政府来负。”

西南联大的师生留下了1944年、1945年的历史记录。郑天挺1944年5月3日日记载：“今晚史学会开座谈会，谈‘五四’事，已允之，开会太晚，竟不果往，为‘五四’壁报题‘五四运动是自救自强的开始’数字。”《除夕副刊》资料室所作《三十三年五四在联大》详细记录了史学会5月3日“五四”座谈会和4日“五四”纪念会的详情。出席3日座谈会的有张奚若、周炳琳、闻一多、吴晗、雷海宗、沈有鼎等。周炳琳是“五四运动”的学生领袖之一，他在发言中报告当年的史实，再介绍陈独秀、蔡元培和胡适在“五四运动”中的贡献。闻一多说他是“五四运动”时清华学生代表之一，担任文书工作，留在校园，没有出去参加，“五四运动”起来的时候，他抄了岳飞的《满江红》贴在饭厅墙上。没有参加“五四运动”的张奚若则指出“五四运动”的价值远在辛亥革命之上。吴晗分析比较了“五四”时代与今天的情形，他指出“五四”打破了牢笼和束缚，现在又面临了新的牢笼和束缚，青年人有责任打破这种束缚。

5月4日，联大照例放假，但“那一天成了联大学生精神复兴的一天”。尽管此时的教授们在思想政治上已经有所分化，但都聚集在“五四”的旗帜下。在“五四”纪念会上，周炳琳再度报告“五四”经过，又谈到青年人与中年人的责任。郑天挺在当天日记中的说法是：“开精神动员月会，以雨改在图书馆内举行，由枚荪讲演，勉青年人勿为中年人所利用，亦勿如中年人之消沉。意甚佳，吾恐有心者又不免断章取义。”《三十三年五四在联大》是两年后追记的，所记内容和郑天挺有出入：“周炳琳教授除了再度报告‘五四’经过外，还特别提出昨天晚会的事情来讲，他说青年人在这个时候要求行动担负起救国的责任是很好的现象，但是作为中年人，周先生认为是自己这辈人没有能好好地做，担当起自己的责任，所以要求青年人暂时不要行动，让中年人来担当起他们的责任。”不同的表述，也见出当时教授们思想上的差异。

在当晚的文艺晚会上，安排了以“‘五四运动’与新文艺运动”为总题的系列讲演，包括李广田“‘五四运动’的意义与影响”、罗常培“‘五四’前后新旧文学的辩争”、冯至“新文艺中诗歌的收获”、朱自清“新文艺中散文的收获”、沈从文“新文艺中小说的收获”、闻一多“新文艺与文学遗产”和杨振声“新文艺的前途”等七个系列。但当晚因座位引发纠纷，讲演流产。5月8日，在闻一多、罗常培的主持下，中文学会主办了这个系列讲座，在原有的题目之外又增加了孙毓棠、卞之琳和闻家驷的讲演。

1945年的“五四运动”纪念活动是在当局严密防范下进行的。除了晚会、游行外，联大学生发出了写于4月6日的《国立西南联合大学全体学生对国是的意见》，呼吁“让民主自由的新中国在这巨响声中出现”。吴晗在“‘五四’青年运动座谈会”上说：“今天这会和过去的会最大的不同是，这是青年自己的会了！”

## 七

1945年年底是西南联大的多事之秋。梅贻琦他们面临了蔡元培先生当年棘手的问题：如何保护学生运动的爱国热情和如何限制学潮中的破坏行为。

闻一多的《“一二·一运动”始末记》概述了抗战胜利后昆明学生运动和它的高潮——“一二·一惨案”的经过。昆明的第一次愤怒是11月25日晚，西南联大、云南大学、中法大学和英语专科学校在西南联大新校舍草坪上，召开了反对内战呼吁和平的座谈会，五千余人与会。在教授们的讲演声中，会场四周响起机关枪、冲锋枪和小钢炮的声音，会后交通又被断绝。闻一多说，昆明愤怒了。此后数日，昆明全市各校学生相继罢课。

西南联大的教授会不得不对事件表态。11月29日上午九时教授会第二次会议在清华大学办事处召开。主席叶企孙，书记闻一多，出席的教授有费孝通、周作仁、袁复礼、姚从吾、朱自清、潘光旦、杨武之、闻家驷、李继侗、江泽涵、冯友兰、马大猷、查良钊、雷海宗、杨西孟、杨振声、王力、钱端升、张清常等。会上，叶企孙报告本校学生罢课事情发生及校务会议处理之经过。大会决议事项之一是：同人站在教育立场，对本月25日晚军政当局行为，认为是重大污辱，应依校务会议决议原则加强抗议。会议记录特地标明此事项是“全体通过”。大会决议事项之二是：召集全体学生训话，劝令即日复课，由全体教授出席。训话人除代理常委叶企孙、教务长潘光旦外，还推举张奚若、钱端升和周炳琳作为教授会代表向学生训话。大会决议事项之三是：推举抗议书起草委员八人，这八位起草委员是冯友兰、张奚若、钱端升、周炳琳、朱自清、赵凤喈、燕树棠、闻一多，冯友兰为召集人。

事态在发展中。12月1日，大批特务和军人分别闯入云南大学、中法大学、联大工学院、联大师范学院和联大附中，以暴力对待师生，导致南菁中学一位教员和联大学生李鲁连、潘琰及昆华工校学生张华昌死亡，史称“一二·一惨案”。闻一多说：“‘一二·一’是中华民国建国以来最黑暗的一天，也就在这一天，死难四烈士的血给中华民族打开了一条生路。”

“一二·一”后的第二天，12月2日上午，教授会决议：一、推派周炳琳、汤用彤、霍秉权三先生参加死难学生入殓仪式，代表本会同人向受伤者致慰问；二、请主席与地方军政当局交涉，万一学生坚持抬棺游行，请准予通过；三、建议学生自治会，本校死难同学在本校校园内安葬；四、接受助教二十八人建议书中关于法律的部分，组织法律委员会负责研讨，法律委员会委员由周炳琳、钱端升、费青、燕树棠、赵凤喈五先生及建议书具名之法律系助教二人充任之；五、罢教问题延缓讨论。在这次会议后，教授们在“教育立场”之外，又运用起法律手段。

此时，联大三常委均不在昆明。12月4日的教授会决议电请三常委即日返昆主持校务。教授会还决议委托校务会议招待中外新闻记者，并以书面说明此次事件真相；委托法律委员搜集有关本次事件之史料，促法律委员会加紧工作，务期早日办到惩凶及取消非法禁止集会之命令；停课七天，对死难学生表示哀悼，对受伤师生表示慰问，并对地方当局不法之横暴措施表示抗议；由校务会迅速设法劝导学生复课。12月10日，已经到校的北京大学校长傅斯年主持教授会，依据会议决议，12月15日联大发布布告：“为布告事，兹经本校

1945年年度第五次教授会议决议：'一、用本会名义函朱经农次长请教育部转达政府，本会认为对于此次惨案应严惩凶犯及主使人，其中有负行政责任者尤应先行撤职；二、本会应竭力求上列议案中之办法尽早实现；三、本会即劝告学生复课（劝告方式由常委会酌定）'等语，记录在卷，合行布告周知，此布。"

身为教授会书记的闻一多成为关键人物。当时从撤职还是复课孰先孰后，演变为是有条件复课还是无条件复课。傅斯年关于解散西南联大的说法，造成了教授会内部的分歧。无条件复课的主张在教授中逐渐有了市场。在12月17日联大教授会上，傅斯年提出建议学生无条件复课，否则教授就集体辞职，如此，学生是否复课的压力就完全集中到教授会了。根据一些文章的记述，闻一多在会议上斥责了傅斯年，认为在人身自由无法保障、学府尊严荡然无存、学生遭受打击需要支持的时候，怎能忍心逼学生无条件复课？他提出，政府如果不能对李宗黄、关麟征撤职，教授会该全体辞职。刚从北平回到昆明主持教授会的梅贻琦见状，宣布休会。12月18日，洪德铭（在西南联大时名为洪季凯，公开身份是民青主要负责人、民青联系民盟的代表）向吴晗与闻一多介绍中共云南省工委关于个别修改复课条件，将无限期罢课改为“停灵复课，坚持斗争”的策略方针。闻一多和吴晗都表示赞同。闻一多认为，复课不能再拖了，如果不把梅贻琦争取过来，有条件复课有困难。闻一多向洪介绍了教授会的情形和梅贻琦的思想状况，疑虑学生代表大会能否通过修改复课条件。洪说有百分之七八十的把握。闻一多觉得这样就可以做梅贻琦的工作了。当天，联大学生代表大会原则通过了个别修改复课条件的决定。

“罢联会”的态度确实有了变化。根据梅贻琦日记载，12月16日："一多告学生方面可有转机，甚喜，即走书告孟真。”12月22日："下午三点教授会，学生会又有函，报告‘罢联会’对于复课条件再加修改，其意似欲得早日结束者。”根据洪德铭文章叙述，闻一多是12月18日晚上受民青委托到梅贻琦家恳谈的。查梅贻琦12月18日日记，当天，阴无雨，梅贻琦上午未出门；中午赴霍总司令饭约；下午小睡、弄花，感觉颇清闲；傍晚，各系诸君来报告上一天和学生谈话情形；晚饭后访客未遇，再至才盛巷，与傅、周、杨、姚、毛、郑诸君谈将来处理办法甚久。梅贻琦是十一点回到寓所的，未记闻一多访谈一事。梅贻琦日记所载是12月14日下午五点他约闻一多来谈“一时许”。那一天，梅贻琦在日记中写道："一多实一理想革命家，其见解、言论可以煽动，未必切实际，难免为阴谋者利用耳。”

比照之下，洪德铭所说的闻一多与梅贻琦见面时间或许有误。

事情的结果是梅贻琦接受了有条件复课的建议。19日下午，教授会通过了《教授会告同学书》(以下简称《告同学书》):“同学诸君心怀冤抑，同人深有同感，但默察校内外之情势，如学校早日恢复常态，同学对于政府之要求亦可早日实现。如坚持罢课，则前途演变恐有不忍言者。同人爱护同学，爱护学校，本中心之热忱，经屡次之会议，已请学校定于十二月二十日务必复课，务望同学诸君于是日晨照常上课。其有因故不能上课者，亦勿对上课同学有拦阻之举动，否则同人在校所司何事，尸位之讥，义不能受，亦当有以自处，谨此忠告，惟同学诸君察之。”《告同学书》发布之后，20日仅有一部分学生上课，当天晚上，梅贻琦对学生自治会理事谈话，重申《告同学书》的内容。22日在第九次教授会后，梅贻琦又发表书面谈话，除了说明教授会通过议案要求政府在两个月内将此次事变之负责行政首脑人员先行撤职外，再次告诫如再有阻拦同学上课等违纪行为，将执行学校纪律，严予惩处，以维持秩序。12

月24日云南省国民党党部新领导人接受了学生的复课条件，26日梅贻琦发表书面讲话，运动至此告一段落。

几十年以后，冯友兰在《三松堂自序》中说："'一二·一运动'结束以后，联大表面上平静无事了，其实，它所受的内伤是很严重的，最严重的就是教授会从内部分裂了，它以后再不能在重大问题上有一致的态度和行动了。从'五四运动'以来多年养成的教授会的权威丧失殆尽了。原来三校所共有的'教授治校'的原则，至此已成为空洞的形式，没有生命力了。"

此时的闻一多可以像冯友兰那样离开这个"是非之地"。冯友兰料想复课之后像"一二·一"这样的运动还会有很多，恰逢此时布德邀约他去美国，继续合作翻译《中国哲学史》，1946年9月便去了美国。也就是在这个时候，美国加州大学请梅贻琦推荐一位教授去讲中国文学，梅贻琦想推荐闻一多，闻一多拒绝了。冯友兰后来这样说："他要留身于'是非之地'，继续斗争下去。这才是当时知识分子的正路。"在闻一多心中的还是那个"五四"情结："《中国之命运》一书的出版，在我一个人是一个很重要的关键。我简直被那里面的义和团精神吓一跳，我们的英明领袖原来是这样想法的吗？'五四'给我的影响太深，《中国之命运》公开向‘五四’宣战，我是无论如何受不了的。”

其实，闻一多并不希望学生近政治而远学术，他在那篇谈话中说：“这两年来，同学们对于学术研究比较冷淡，确是事实，但人们因此而悲观，却是过虑，政治问题诚然是暂时的事，而学术研究是一个长期的工作。有些人主张不应该为了暂时的工作而荒废了永久的事业，初听这说法很有道理，但是暂时的难关通不过，怎能达到那永久的阶段呢？而且政治上了轨道，局势一安定下来，大家自然会回到学术里来的。”闻一多仍然是诗人，是书生，那条轨道依稀在前，但仿佛又在遥远的天边。

“由于民国期间长期军阀混战、政治混乱，只有教育界几所有水平的大学保持着‘五四’以来的‘科学与民主’这一小块净土。”这是西南联大校友任继愈在联大建校七十周年时对母校的评价，他认为西南联大没有什么独特之处，其实就是“五四”精神在教育方面的具体化。

2007年11月，为纪念西南联大建校七十周年，联大北京校友会编成《我心中的西南联大》一书，以纪念他们伟大的母校。

任继愈在本书的序中说："如问联大何以能够创造奇迹，可以明确回答，这奇迹来自1919年'五四'爱国运动，西南联大有关心天下事（外抗日寇，内争民主）、实事求是的科学精神，尊重别人的民主传统，'五四'的火炬在联大师生手中传承下来。"

现在又是纪念"五四"时。闻一多不在了，朱自清不在了，他们的校长梅贻琦也不在了。但"五四"在，闻一多、朱自清、梅贻琦在"五四"中，西南联大在"五四"中。

『在动乱时期主持一所
大学本来就是头痛的事』

西南联大的课堂

## 一

1960年费正清和费慰梅环球旅行，在台湾与蒋梦麟重逢。

此时的蒋梦麟已经远离了教育家身份，他担任“中美农村复兴联合会”（简称“农复会”）负责人，致力于台湾的农村复兴工作。蒋梦麟见到费正清便说：“如果我们在大陆时就有现在的认识水平，恐怕我们早获胜了。”这是1949年离开大陆十一年后蒋梦麟在台湾的反省。

费正清说，蒋梦麟的这句话让他进行了反思。费正清觉得蒋梦麟尽管接受美国现代化的教育，却依旧保持古老的“忠君美德”：“在我看来，忠诚于某位统治者的古代士大夫思想在蒋梦麟这一代人的身上还根深蒂固地存在着。他们并不会起来革命，更不会进行反抗。在战争年代里，CC系使得昆明的教授陷入饥饿的困境当中，当时蒋梦麟博士也是其中的一位主要代表。”尽管费正清对蒋梦麟从蒋介石那里得到了什么有所疑问，但他对蒋梦麟抱有理解与同情。这与他在战时对蒋梦麟的良好印象有很大关系，他在回忆录中提及蒋梦麟的文字几乎都是正面的。在台北重逢时，费正清仍然想到昆明和重庆时期蒋梦麟生活的窘迫。而此时，CC系的陈立夫早已退休，在美国新泽西经营一家养鸡场。

这一年，蒋梦麟七十五岁。7月，他与胡适等出席在西雅图华盛顿大学举行的学术会议，9月撰写《中西文化之演进与现代思想之形成》，而在这之前他已经计划撰写《现代中国思想史》，这本书最终只写了关于吴敬恒的一部分。1961年4月7日，蒋梦麟去医院探视胡适，合影的照片上，两位老朋友都微笑着。第二年的2月，胡适在台北病逝，5月，梅贻琦在台北病逝。南开之父张伯苓早在1951年2月便离开人世。西南联合大学的"三驾马车"，只剩下蒋梦麟，但也接近生命的黄昏。1964年6月，蒋梦麟在台北病逝。在他生命的最后一年，与教育相关的一件事是，主持"第十三届中华教育基金会年会"。

## 二

蒋梦麟在《西潮》谈到从出任北大校长到长沙临时大学成

立之前自己与北大的关系时说："从民国十九年到民国二十六年的七年之内，我一直把握着北大之舵，竭智尽能，希望把这学问之舟平稳渡过中日冲突的惊涛骇浪。在许多朋友协助之下，尤其是胡适之、丁在君（文江）和傅孟真（斯年），北大幸能平稳前进，仅仅偶尔调整帆篷而已。科学教育和学术研究的水准提高了，对中国历史和文学的研究也认真进行。教授们有充裕的时间从事研究，同时诱导学生集中精力追求学问。一度曾是革命活动和学生运动旋涡的北大，已经逐渐变为学术中心了。"蒋梦麟七年间对北大的贡献，是毫无疑问的。这也是当时和后来肯定蒋梦麟作为的人重点提到的一段历史。

民族大义也是考察知识分子的一个重要维度。关于北平沦陷前后的蒋梦麟，哥伦比亚大学英文版《蒋梦麟传》写道："从1931年到1937年，蒋梦麟的主要困难是由日本对华北地区持续施压增加造成的。作为一位杰出的知识分子领袖，蒋梦麟是日本阴谋的天然目标。在1933年5月31日《塘沽停战协定》（这一协定允许日本人在河北北部赞助新政府）签署后不久，蒋梦麟被邀请到北平使馆区的日本驻军总部。他和一名日本上校一起被关在一间房里，后者指责北京大学的抗日活动，并要求蒋梦麟在日本宪兵护送下，当晚去大连看望日本军事当局。蒋梦麟拒绝了，随后他被释放。此后，日本人改变了策略，试图赢得大学教员和管理层的领导成员。然而，日本人的行为与他们的言论严重不符。”

关于西南联大的叙事中，蒋梦麟一直处于边缘化的位置。如果用一个不太准确的词形容，蒋梦麟在西南联大的状况是“不死不活”。北大的事情，还是以蒋梦麟的意见为主，通常是郑天挺等提出方案后呈报他。联大的事情，蒋梦麟作为常委之一参与讨论，最终决策者则是主席梅贻琦。很多关于西南联大的文章都会说到梅贻琦主事，蒋梦麟、张伯苓常住重庆。其实，关于蒋梦麟和张伯苓常住重庆的说法有些模糊，蒋梦麟和张伯苓参与联大事务的情形并不相同。查长沙临时大学、西南联大常务委员会会议记录，就会发现在很长时间内，蒋梦麟大多正常参与常务会议。长沙临时大学期间，有五十七次常务委员会，蒋梦麟参加三十六次，有几次记录未列参会者。1938年4月19日，联大在昆明首次常委会，蒋梦麟参加。此后到1943年下半年，蒋梦麟参加了多数常委会。梅贻琦不在昆明期间，蒋梦麟也多次代主席主持会议。1944年11月以后的常委会记录，出席者中无蒋梦麟。与会的蒋梦麟通常是报告与重庆方面接洽的情况等，这与蒋梦麟在联大的分工有关。

在梅贻琦日记中，关于蒋梦麟在联大的记录不少。从这些记录看，蒋梦麟参与联大的决策，但基本是忙于社交活动。我们简单梳理一下蒋梦麟和梅贻琦一同参加的活动，先以1941年为例：1月5日，“晚饭蒋夫妇之约，共两桌，皆为余祝寿者，感愧之至”，蒋梦麟夫妇准备两桌为梅贻琦祝寿，可谓盛情。1月6日中午，梅贻琦与蒋梦麟夫妇至邻家童宅，恭贺其大女郎回门。1月8日，蒋梦麟因患感冒未参加下午三点半的常委会。1月13日下午三点，梅贻琦“偕孟邻至新校舍办公室”。1月20日，是蒋梦麟生日，“天夕往岗头村为蒋校长拜寿，因留宿焉”。这一夜风大，梅贻琦凌晨两点半才入睡，21日早餐后想回学校，因汽车修理，午饭后梅贻琦与蒋梦麟、郑毅生等一同往办事处。2月4日，蒋梦麟夫妇探视生病发烧的梅贻琦。2月12日，“午饭后稍休息，三点前坐洋车赴校。早间刚如送信来，谓已向蒋先生借好汽车，下午来接，自以为殊非必要，遂不待其车来先去矣。四点到校，适蒋车方将开出，乃得阻止。与蒋君谈有顷”。这一天六点常委会，结束后，蒋梦麟、梅贻琦一起赴龙云为欢迎何应钦举行的宴会。2月26日晚，梅贻琦、蒋梦麟在梅贻琦寓所宴请教育部到校视察官员。3月5日六点，梅贻琦随蒋梦麟往岗头村，两人合请俞飞鹏等，饭后打麻将，梅贻琦留宿蒋家。3月6日傍晚，梅贻琦与蒋梦麟进城赴刘震寰之约，途中汽车出毛病，只能停下来修理。5月12日，梅贻琦、蒋梦麟合请钟天心，约了联大同人二十位作陪。

1941年5月16日至8月22日，梅贻琦和郑天挺、罗常培出行川渝期间，蒋梦麟在学校主持几次常委会。梅贻琦8月23日返回昆明，26日早餐后，梅贻琦与蒋梦麟见面，谈联大的工作。梅贻琦12月的日记中，蒋梦麟的活动都与社交有关。1日，梅贻琦、蒋梦麟宴请孙洪芬；12日下午两点梅贻琦、蒋梦麟同车参加龙云为客人饯行的野餐，晚上七点蒋梦麟、梅贻琦在西仓坡合请任东伯、钟道瓒等；18日梅贻琦在寓所请外宾，蒋梦麟夫妇作陪；24日，梅贻琦、蒋梦麟合请宋希濂、杜聿明等。1942年的日记，现存9月1日至12月31日若干篇。9月1日，梅贻琦与蒋梦麟赴空军军官学校参加十周年纪念会。11月1日，联大在新校舍举行五周年纪念会，梅贻琦日记未载蒋梦麟的活动。11月20日，梅贻琦傍晚去蒋梦麟家探视生病的蒋梦麟夫人，晚上与蒋梦麟赴约。12月10日，梅贻琦中午到蒋梦麟家午餐，饭后与蒋梦麟同往机场给客人送行。1943年1月17日，在重庆的梅贻琦往飞来寺访问16日到重庆的蒋梦麟；19日蒋梦麟等访梅贻琦，晚上梅贻琦、蒋梦麟等参加清华同乐会。3月4日，梅母逝世，7日蒋梦麟夫妇到梅贻琦寓所吊唁；3月15日，蒋梦麟到学校与梅贻琦商请陈辞修茶会名单。8月25日晚，梅贻琦约蒋梦麟夫妇等便饭。1944年，在梅贻琦日记中出现的蒋梦麟，最主要的活动是一同接待孔祥熙，此间发生“倒孔”事件。1945年的日记几处出现的是蒋太太，蒋梦麟那时在重庆不亦乐乎。

从这些记录看，蒋梦麟参与一些校务，确实不是主事者。查阅梅贻琦文稿，关于联大的重要事项的电函文件，一同署名蒋梦麟的有：《与蒋梦麟关于图书、仪器运滇电熊迪之》、《与蒋梦麟、张伯苓关于调拨经费函清华大学》、《与蒋梦麟密电教育部关于迁校经费事》、《与蒋梦麟为租借校舍交换应用函教育厅龚厅长》和《与蒋梦麟关于教职员宿舍经费不敷应用致孔祥熙函》等。蒋梦麟的应酬之多，也许有必要，但在北大一些同人看来，毫无价值。从另一个角度看，既然是梅贻琦主事，蒋梦麟当然只能做些闲事，是为顾全大局。——这样两种不同的思路，也凸显出蒋梦麟在联大的尴尬位置。蒋梦麟其实早就预料到自己的尴尬困境，他在《西潮》中说：“在动乱时期主持一所大学本来就是头痛的事，在战时主持大学校务自然更难，尤其是要三个个性不同历史各异的大学共同生活，而且三校各有思想不同的教授们，各人有各人的意见。”

## 三

蒋梦麟还负责西南联大的国民党党务。根据王奇生的《战时大学校园中的国民党：以西南联大为中心》叙述，1938年1月陈立夫出任教育部部长后，要求蒋梦麟在学校建立国民党直属区党部。冯友兰回忆，联大文学院从蒙自迁回昆明新校区后不久，蒋梦麟便约联大五位院长到他家里谈话。蒋梦麟说："重庆教育部有命令，大学院长以上的人都必须是国民党党员。如果还不是，可以邀请加入。如果你们同意加入，也不需要办填表手续，过两天我给你们把党证送去就是了。"在冯友兰印象中，只有法商学院院长陈序经表示不同意，其余都没有发言表态。过了几天，蒋梦麟给他们几位送来了国民党党证。

如何发展国民党党员，蒋梦麟在1939年7月15日复陈立夫、张厉生函中如此计划："第一步先介绍联大之各长之未入党者入党，第二步介绍北大清华南开各校原来之各长入党，第三步联大各系主任及三校原来之各系主任。如是则三校之健全主要分子，大部分为党员，则以后推行党务，如顺水推舟矣。"7

月23日，蒋梦麟在北大、清华、南开三校院处以上教授的茶会上宣布“凡在联大及三校负责人，其未加入国民党者，均先行加入”（参见王奇生《战时大学校园中的国民党：以西南联大为中心》）。郑天挺8月24日的日记记录了此事的后续进展。24日，蒋梦麟和梅贻琦在梅的寓所招待三校负责人谈入党事，郑天挺记：“余于党义或较一般列党籍者所知为多，所信为坚，所以未入党者不愿以入党猎官固位也。今中央既有使各大学组党、重要人员入党之议，为保护学校及孟邻师，已决入党。”

蒋梦麟似乎也很用心做党务。1943年秋天某日，蒋梦麟邀请联大的国民党党员教授到他家座谈国内形势。与会的冯友兰回忆说：“蒋梦麟说，陈雪屏就要到重庆去，当局必定问他联大的情况，大家有什么意见，可以谈出来，托陈雪屏带去。大家同意以联大区党部的名义，给蒋介石写封信，表示一点意见，并且推举我起草信稿。过几天，又开一次会，讨论信稿。”信稿原件已经遗失，冯友兰记得大概的意思是：照国内的形势看，人心所向似乎不在国民党；要收拾人心，必须开放政权，实行立宪；清朝末年，清室不肯立宪，使国民革命得以成功，可谓殷鉴。陈雪屏递上这封信不久，联大区党部接到蒋介石的回信。冯友兰回忆文章说蒋介石回信说他“很注意联大区党部的意见”，“现在形势虽然危急，但有像联大的这些国民党党员，相信可以转危为安”。

国民党试图“以党治校”，但效果有限。正如冯友兰所说：“从表面上看，联大成为国民党完全统治的学校了。其实并不尽然。”冯友兰自豪地说，联大还是按照三校原有的传统办事，没有因政治原因聘请或解聘教授、录取或开除学生、干涉学术自由，社会仍然认为联大是“民主堡垒”。三校的传统便是学术独立，教授治校。而蒋梦麟则是这一传统的创造者之一，我们无法得知蒋梦麟在党务和校务之间游走的内心世界是否充满矛盾，但西南联大的党务远非他当初对陈立夫说的那番话：如顺水推舟矣。

## 四

蒋梦麟将重掌教育部的消息，在1939年的2月已经盛传，最终确定是讹传。如果无法离开联大，蒋梦麟就需要处理好三校之间的关系，处理好他与梅贻琦的关系。从郑天挺的日记看，蒋梦麟从不非议梅贻琦，但日记里的一些记录，也透露出另外的信息。郑天挺1939年6月3日的日记载:“晨间在校，与孟邻师谈，师意战争停后，北平不应更有四大学，如北大，归则当移至城外，就清华旧址开学，如战事一时不能结束，西南联大仍存在，则推适之先生为校长。”西南联大若产生校长，前提是西南联大完全融合，制度上也不是常委会制。这当然是蒋梦麟的假设，但推胡适之为校长的“愿景”确实反映了北大和清华之间的微妙关系。蒋梦麟在联大期间分寸拿捏得最准的是维护梅贻琦作为常委会主席的制度。虽然梅贻琦也主动提出轮值，希望蒋梦麟至少要任一年主席。

蒋梦麟和梅贻琦有过严重的分歧。1941年3月26日，联大校务会会前，蒋梦麟与梅贻琦谈到学术研究问题，梅贻琦赞同蒋梦麟“宜由三校分头推进”的意见。梅贻琦的想法是，最好请教育部不再将联大勉强拉在一起，分开后请政府多给北大、南开以研究补助，清华则自行筹措，分办比合作更容易有进展。27日梅贻琦等在樊际昌寓所和郑毅生、陈雪屏等为去重庆的蒋梦麟送行，当晚，梅贻琦接到教育部次长顾毓琇的电话，告知八十万美金联大可分得三万八千元，他在28日的日记中说“闻者大哗”。在联大经费预算上，蒋梦麟及北大同人与梅贻琦有分歧。蒋梦麟提出由清华拨款补助联大八十万。北大既要独立预算，又要清华补助联大，此事给梅贻琦和清华同人的感觉非常不好，梅贻琦在日记里多有记载。但梅贻琦蒋梦麟两人还是商量着办。5月2日日记："上午待蒋君来寓谈话，竟未至。""晚十点蒋校长来住（因才盛巷炸后未收捡好），共谈至十二点半各归室就寝。"两人谈话的内容当日日记不详，5月13日梅贻琦的日记所记，约略透露了蒋梦麟和北大同人的想法："上午至联大办公处与郑毅生谈二事：1. 告以清华拟补五十万事，因恐昨日与蒋君略谈者或未明了。郑谓北大明日将有校务会议，再行计议，大家之意拟不接受，而专注意于预算之确定。"日记所记第二件事，则反映了梅贻琦由此事考虑到两校之间的"平衡"问题，他有意请蒋梦麟继任主席至少一年。梅贻琦说："盖吾二人原无所谓，但校中人众，如此似较好耳。"两校在预算上的差别是，北大主张联大不作统一预算，清华主张研究经费三校单独预算。5月15日，蒋梦麟告知梅贻琦北大校务会议的结果，说"大家只要教部成立分校，预算并不望由清华得补助"。

5月19日，在重庆的梅贻琦约见教育部部长陈立夫。关于研究经费问题，陈问梅是否商妥数目。梅告诉陈，开始商量了办法，但北大后来主张独立预算，蒋梦麟今日将有信与部长详陈。陈问，是指研究经费还是指整个预算？梅回答，是指三所学校整个预算，北大同人要独立预算，然后从各校预算中拨提一部分作为联大经费，其余部分为各校自办事业费。陈立夫不赞成三校单独预算，梅贻琦详细记载了陈立夫的谈话："陈摇首，谓：如此办法未妥，联大已维持三年有余，结果甚好，最好继续至抗战终了，圆满结束，然后各校回北边去。且委员长有主张联合之表示，未必肯令分开（教育合办事业多未成功，西南联大为仅有之佳果），而物质上（指预算）如分开则精神上自将趋于分散，久之必将分裂，反为可惜，故不若在研究工作上各校自办为是。"在与陈立夫见面之前，教育部吴俊升司长已告知，为联大追加预算数十万。联大同人对陈立夫有诸多不满，这在郑天挺的日记和费正清的文稿中多有记载。关于联大的分与合，陈立夫发表了正确的意见，梅贻琦的这则日记是关于陈立夫的一次正面记录。5月30日，还在重庆的梅贻琦致电蒋梦麟，告知预算追加三成。

此事后来平和落幕。

## 五

也许因为蒋梦麟的无为而治，北大同人对联大的现状尤其是联大之中的北大颇有牢骚，认为北大无生气，无希望，不如清华。北大同人对联大的人事安排也有意见，联大的学术官员少有北大教授，等等。联大之中的清华，治校有序，相比之下，北大同人认为不仅蒋梦麟，作为联大总务长、北大秘书长的郑天挺对北大的事也是敷衍对付。北大同人见清华评议会很热闹，也想恢复校务会。1940年12月7日，蒋梦麟在北大文科研究所招待北大各院长、主任茶话，决议恢复校务会议。郑天挺在当天的日记中详细记录了此事的来龙去脉，也为我们后来考察“倒蒋事件”留下了线索。郑天挺说：

> 校务会议之制创于十八年，当时教育部鉴于以往大学评议会之胁持校长，故以校务会议救济之。以校长、总务长、教务长、图书馆长、各院长、各系主任为当然会员，另由教授代表若干人共组之。当然会员多于教授代表本不能谓之民意机关。人数过多，不易运用，且往往流于客气，不能有坚强之决议。二十年，孟邻师长北大，遂济之以行政会议，校务乃能切实进行。本年春，北大同人见清华评议会之热闹，亦思恢复校务会。余尝言之孟邻师，师以无会议之作用，意不谓然，余亦有另设一代机关之意……去

年，尽力使各院召集院务会议，并多开茶会、宴会，意亦即在此。近顷，同人有误会孟邻师不恢复校务会议为不愿有民意机关者，实不知师之意在有一能发挥实际功用之民意机关，而不在虚名也。本月三日，复有人言及雪屏，遂告之师，乃召集此会。师以恢复或另设为询，众议咸主恢复，乃决定，余未发言。

郑天挺的这段文字凸显了蒋梦麟和他与民意的落差。如果没有这样的机关，北大同人便没有参与感，所谓教授治校也就落空，尤其是这些同人在联大觉得“压抑”时，总需要有表达己见的空间。蒋梦麟的犹豫，郑天挺的缄口，以及郑天挺多开茶会、宴会的做法，在后来也受到同人的非议。

蒋梦麟对联大的“苦心”，在1942年7月13日北大校务会上坦露出来。会议结束前，蒋梦麟谈联合大学联合的不易，说到必有一两方退让，联大才能不破裂。郑天挺当日的日记载：“（蒋梦麟）于是进而说明其个人之态度，所以对联大事只管外不管内之原因，及教育部数度使之为校长不就之理由。并言在教育史上联合大学确属成功，而成功原因由于北大之容忍退让，世人皆已知之，胜利为期不远，联合之局面亦不能久，惟有继续容忍。”蒋梦麟最后谈到北大的使命和努力的方向，“为词甚长甚动人，在场莫不满意”。1945年“倒蒋事件”中，江泽涵致胡适信中谈到对北大校务会的不满意，也说到近几年稍有改观。也许这次校务会议是北大同人对联大时期蒋梦麟最好的记忆。

## 六

1945年5月蒋梦麟任行政院秘书长以及是否兼职北大校长，在北大同人中引发轩然大波，一时成为事件。而此时此刻，联大最艰难的日子即将过去。这固然与蒋梦麟缺少与北大同人沟通甚至缺少对他们的尊重有关，也与蒋梦麟夫人的言行不妥有关，但最重要的还是制度之争。同人对联大时期北大状况和蒋梦麟的不满，也在蒋梦麟是否兼任校长一事上暴露出来。

反对蒋梦麟最为激烈的周炳琳曾经对江泽涵等人说：“蒋校长的兴趣不在大学教育。战时他对北大的事不问，但他每日忙着招待无关重要的外国人同云南的显要，可见他的兴趣所在。”此前，北大有同人说，蒋梦麟当上红十字会会长后，精神好多了，盼望他做更大的官，精神可以更好些。当蒋梦麟独自决定接任行政院秘书长后，他曾经的教育家形象也就崩塌了。问题的关键不在蒋梦麟出任秘书长，北大也有少数同人认为蒋梦麟出任秘书长对北大不是坏事，但蒋梦麟意欲兼任北大校长则遭到了多数同人的反对。6月27日，蒋梦麟在重庆《大公报》发表谈话，其中谈到行政院秘书长一事：盖一时权代，仍兼联大职务。6月28日，郑天挺与周炳琳交谈，周对蒋梦麟就任秘书长前未能将北大的事做好安排深为不满，他认为北大应由胡适主持，蒋梦麟不宜再回北大。6月30日，坚决反对校长兼任官吏的周炳琳，主持北大教授会，这原本不是一次正式会议，后来改为正式会议。

北大的紧张空气，当然是因蒋梦麟任职行政院秘书长而起，但深层的原因则是蒋梦麟与北大教授疏远、感情不融洽，北大同人对蒋梦麟的做派多有不满；多数人又认为蒋梦麟的夫人陶曾穀从中起了不好的作用，用傅斯年致胡适信中的话“总是陶曾穀女士的贡献”。江泽涵9月14日致信胡适说：“梦麟先生做官而兼校长，几全体不赞成。有些人以为他将来回来，暂时北大敷衍过去，也未尝不可，但这只是与他最接近的少数人，多数人很痛恨战时北大敷衍的不当。”所谓“敷衍”，江泽涵具体说，蒋梦麟避免与教授接谈，与学生更无关系，蒋梦麟绝对不看教授，教授也只有少数去看他。

北大的校务会起初没有教授代表，勉强选出教授代表后，又不肯开会。即使每年两次会，开会时“总设法阻止多谈”。同人希望与校长交流，但很少有机会。校长从重庆回到昆明，举办茶会，郑天挺安排了唱戏或别的活动，结果是“闹一阵而散”。江泽涵因此认为郑天挺遇事也是“敷衍对付”。

钱端升1945年7月9日致信胡适：“北大孟邻无法兼，这是客观的结论。”江泽涵8月5日致胡适信未发出，8日又附言：“昨天蒋校长在昆明请北大教授茶会。他说骝先（朱家骅）、孟真两先生劝他辞北大校长，因为他兼任北大校长，违反他手订的大学组织法。他说他从前未想到此点，故打算兼任，现在他觉得必须辞职了。他说，大概要你做北大校长，在你回国前，要派人代理。他说话的态度极好，得着大家的同情。”蒋梦麟最后决定辞去北大校长，只是止血，因为这样一个选择，他对北大曾经的贡献在后来的历史叙述中也变得模糊了。始终与联大也与清华同命运的梅贻琦，在战时和战后分别写过《抗战期中之清华》《复员前后之清华》，他给联大，特别是清华的教职员和学生留下了深刻的记忆，而北大同人关于蒋梦麟西南联大的记忆是淡薄的。在《联大八年》那本书中，学生记张三李四，独缺了蒋梦麟。

陶曾毅希望蒋梦麟做官是无疑的，郑天挺在1945年6月21日日记中记载，当时外间已有蒋梦麟任秘书长一说，他去看陶曾毅时说："教育可能较大，但交通未出缺，骝先先生未必动，则秘书长一说最可能。但此是事务官，未免太苦。且师十五六年前已作过部长，此时校长地位不低，何必更弃而作秘书长哉！"陶曾毅的反应是，"蒋太太言至渝必劝之不就，但甚愿能改作部长云云"。事实是，蒋梦麟6月26日就任秘书长并视事。傅斯年告诉胡适，他也和蒋梦麟谈过好多次："他总是说：联大局面之下无办法，一切待将来，而今日之局，其罪魁祸首是我（长沙临时大学之发动）！我真苦口婆心劝他多次，至惹得陶之不高兴而已。"和其他人一样，傅斯年对蒋梦麟答应到行政院任秘书长而未与北大任何人商量也感不快；傅斯年劝蒋梦麟赶紧回昆明看看，蒋也未能做到。当年教授与校长的关系，确实非同寻常。蒋梦麟决定辞去北大校长，与傅斯年的劝说有关，而蒋梦麟此后的态度也有变化，甚至与傅斯年"若有所芥蒂"。傅斯年跟胡适说，他劝说蒋梦麟辞职"太直爽"。傅斯年以为，蒋梦麟的态度，可能又是陶曾毅的"把戏"，而蒋梦麟自己"也许因为行政院已经无趣了，故心理如此（陶却最高兴）”（《傅斯年致胡适》，1945年10月17日）。

在蒋梦麟辞职后，9月3日时任教育部部长朱家骅致电胡适："梦麟兄因任秘书长，依法不能兼任校长，故力推兄继任，主席暨弟与北京大学同人亦均认为非兄莫属，公意如此，务请俯允。复员在即，不及征求同意，拟先提院发表，在兄未返国前，孟真兄虽抱病已久，暂行代理，特电奉达，并请速驾是幸。”胡适被任命为北大校长后，北大同人为之一振。汤用彤9月6日致信胡适："现政府已任先生为北大校长（未到任前由孟真兄代理），同人知悉，莫不欢欣振奋，切望台端能早日返国到校。弟以为今后国家大事惟在教育，而教育之基础，尤在领导者具伟大崇高之人格，想先生为民族立命之心肠当一如往昔，必不至于推却万不应推却之事也。”在谈到北大的问题时，汤用彤说："北大教务方面，人员零落，即留在校中者，亦因流离转徙之折磨，英气大逊于往昔。”对胡适的期盼和对北大状况的不满，在江泽涵、罗常培等致胡适信中也能读到。汤用彤致胡适信中谈到周枚荪和他等四人致电胡适，请胡适返国为蒋梦麟臂助，此举用意并非对蒋梦麟有所不满，当时还不知道蒋梦麟已有辞职之意。汤用彤告诉胡适，在蒋梦麟于重庆尚未返校宣布辞职时，昆明已经传言蒋梦麟有辞意，他和张景钺曾上书蒋梦麟劝阻。汤用彤在信中节录了这封信："溯自先生长校以来，在北平时代，极意经营，提高学术水准，成效彰著……在抗战中，三校合作，使联大进展无碍，保持国家高等教育之命脉。此中具有先生处事之苦心，有识者均当相谅。"汤用彤和张景钺肯定的是北平时期的蒋梦麟和蒋梦麟使联大进展无碍的"苦心"，但没有提到联大里的北大。

10月10日，还在美国的胡适在致朱家骅、蒋梦麟、傅斯年电稿中，也充分肯定"孟邻兄"的业绩："民国二十年以后，北大复兴，孟邻兄领导之苦心伟绩，弟所深知。北大复员，仍不可无孟邻兄之领导。曾于上月托张仲述带信与北大同人，恳切陈述此意。孟邻兄为政府征调，只是暂局，孟真兄肯扶病暂代，最可感幸。将来弟归国，若不得已，亦愿与孟真分劳，暂代一时，以待孟邻兄之归，此意至诚恳，乞亮察，并乞转陈主席与咏霓兄，并肯转至北大同人，至感。"胡适的信，或许有点客套，但诚恳、体贴、周到，不仅温暖了蒋梦麟，给蒋梦麟台阶，也缓解了北大同人前段时间与蒋梦麟的紧张关系。胡适确是北大同人的"定海神针"。蒋梦麟不仅与傅斯年，可能也与其他同人生出了"芥蒂"，但随着时间的推移应该不久便释然了。1949年，北大同人也各自选择了自己的道路。蒋梦麟、傅斯年去了台湾，傅斯年在台北突然去世。1950年12月20日午前，傅斯年参加了蒋梦麟主持的“农复会”会议，侃侃而谈，蒋梦麟说傅斯年贡献了很多宝贵的意见。同日午后，在“省参议会”作报告的傅斯年突发脑出血不治逝世。十天之后，蒋梦麟撰文《忆孟真》。蒋梦麟在文中提到了傅斯年的性格给他的深刻印象：“还有一个特点使我永远不能忘记的，他心里想说什么就说什么。他说一就是一，说二就是二，其中毫无夹带别的意思，但有时因此会得罪人。”也就是在这篇文章中，蒋梦麟说：蔡元培和胡适是北大的功臣，而他和傅斯年“不过是北大的功狗”。

## 七

1943年，蒋梦麟开始用英文陆续撰写具有自传性质的《西潮》。在这本书中，蒋梦麟并没有涉及他自己在西南联大的具体事务，他用了两章的篇幅谈“大学逃难”和“战时之昆明”。在蒋梦麟的笔下，我们读到了战时大学播迁的地图和其中的艰难险阻。留在北平的学生在敌人酷刑下的呻吟呼号，凄凄惨惨戚戚。在叙述战时昆明的艰难时，他说到了长江，以为“不屈不挠的长江就是中国生活和文化的象征”。在这篇幅不长的两章文字中，尽管蒋梦麟没有述及自己，但他思考历史和现实、思考中国和西方的世界观与方法论，无疑是他在联大时期留下的最重要的遗产。

也许我们不必为蒋梦麟离开北大而感慨。他在1961年为纪念“五四”撰写的《谈中国新文艺运动》文章结尾，回溯了自己离开北大后的经历。蒋梦麟把他后来的工作看成民主与科学精神的延续，并“窃自欣幸”:“这十几年来，我从象牙之塔的学府，走入了广大的农村，努力推动民主与科学，使从草根里滋长起来。幸得政府的鼓励，同人之合作，友邦之资助，民众的拥护，使民主政治、生产技术，深入民间，且能使食物生产与人口迅速增加的竞赛中，一时不致落后。窃自欣幸。”

『我是大时代中的一名小卒』

西南联大中文系五位大师。左起：朱自清、罗庸、罗常培、闻一多、王力——

## 一

“花开的时候真久。”朱自清说，“我们四月里去，它就开了，八月里走，它还没谢呢。”

在蒙自的五个月，朱自清心情愉悦。这里让他想起台州和白马湖，也让他想到北平的什刹海。春天过后，南湖的水涨得溶溶滟滟的。站在堤上的朱自清感觉南湖“真是返老还童一般”。他一眼望去：湖堤上种了成行的由加利树；高而直的干子，不差什么也有“参天”之势，细而长的叶子，像惯于拂水的垂杨。此时，朱自清禁不住想到北平的什刹海。不远处，崧岛那一带田田的荷叶，亭亭的荷花，在朱自清看来更像什刹海了。——这是朱自清《蒙自杂记》描写的景象。1938年3月29日，先行到蒙自的郑天挺，步行校舍一周，视察工程。他在日记中记述与朱自清感同身受：“蒙自海关与东方汇理银行占地数十亩，园庭多且广，高树夹道，竹林为屏，屏内奇花异卉，满圃盈畦，屏外不能见也。且地处郊垧远山，周拱四无人声，无惭世外桃源也。”

从北平到长沙，再到昆明，朱自清他们已经有了两次南渡，一渡长沙，二渡昆明。出北平，是南渡的起点，在长沙朱自清曾作《出北平记》。1937年7、8月北平的局势已经非常紧张，朱自清的日记留下了大量的细节。7月8日，日军与中国军队在宛平县交战，形势严重，朱自清他们能听到枪声。7月19日，凌晨二时许，枪声大作，不知何故，朱自清感到惊恐。7月28日，战事终日不绝，日本飞机撒下传单，大炮轰鸣终日。是否去南方，在同人中有不同意见。8月11日，朱自清访问俞平伯，俞认为，目前南去并不理智，南方局势也不平静，北平在不久的将来将是最安全。但日渐恶化的情势不像俞平伯说的那样乐观，中日开战半月，朱自清“甚灰心”。15日，朱自清将书籍装箱，他希望暑期后清华能再开学。那几天北平阴晴不定，或阴或雨。他在19日日记的日期后面特地加上：“雨，讨厌的，悲惨的。”他感觉这使人疲乏的雨很快地引他走向地狱。8月26日，上海的中国军队退却。9月7日，参加朋友的宴会，在座清华同人商量是否南迁，多数人宁愿留北平。席间，有人说到梅贻琦校长在上海生病，可能从南京去长沙。9月17日，朱自清去清华园，发现他的办公室已被封。

不得不离开北平，离开清华园。9月18日，朱自清与同人开始商量何时去天津，这一天他还校对了评李贺诗之文稿。往后几天，朱自清开始整理行李，与朋友陆续告别。22日，朱自清到达天津，住六国饭店。25日，从塘沽乘船，28日清晨抵达青岛。29日晚火车往济南，30日早上八时抵达，十时半乘津浦路车，当晚十一时半抵徐州，再换陇海路车。10月1日下午抵陈桥，再换乘平汉路火车，2日清晨抵达汉口。到达汉口的当天，朱自清访陈西滢、闻一多，闻一多邀他晚餐。在汉口逗留一日，3日晚又坐上火车往长沙，4日中午抵达。

朱自清在4日当天的日记中感叹，联合大学太复杂，很难取得成功。这是当时许多同人的担忧。8日下午发警报，朱自清急忙往中央大楼地下室跑，他觉得自己颇不稳重。朱自清住在37号房，窗外秋风大作，情绪低落。寂寞中的朱自清不停吸烟，心想：若病倒此地，将无人照料，如生病就去住医院。那几天朱自清又收到佩珂信，告知扬州家里缺三百元，他颇苦恼。21日，朱自清向校方借一百元，汇款父亲八十元。这一天朱自清访高滔、孙伏园，见吕振羽、谭丕模，朋友们态度甚好，朱自清也心情愉快。晚上月光如水，朱自清独自散步，感觉万物淋漓如洗，一种久违了的感觉。

长沙临时大学逐渐成形。1937年10月，常委会决定文学院设中国文学、外国语文、历史生活、哲学心理教育等四学系。朱自清任中国文学系教授会主席，后又被推荐为文学院院务委员会召集人。因长沙校舍不敷分配，文学院只能在南岳办学。当时大学的行政效率不高，很多人抱怨梅校长无固定上班时间，难以见到，甚至打电话也找不到。朱自清提醒自己与行政当局须保持沉默与距离。10月22日，闻一多电报朱自清，要求晚上派人去火车站接他，朱自清亲往迎接。11月3日，冯友兰、朱自清、闻一多、叶公超、柳无忌等十几位从长沙搭乘长途汽车抵达南岳，19日文学院正式上课。当时文学院有十九位教授，北大历史系容肇祖教授以这十九位教授的名字作七绝数首，其一云："冯阑雅趣竟如何（冯友兰），闻一由来未见多（闻一多）。性缓佩弦犹可急（朱自清），愿公超上莫蹉跎（叶公超）。"

南岳只是长沙临时大学文学院临时栖居地。在哪里办学，传说纷纷。临时大学将迁往桂林的消息传开后，学生们情绪低落。12月17日，学生们通过宁愿迁往长沙的决议，学院同人也多倾向学校迁往长沙。28日先去长沙的吴俊升电告，学校决定迁长沙。29日，吴俊升、叶公超回到南岳，介绍相关情况。朱自清等被告知的消息是：教育部部长告诉北京大学校长说，总司令不愿让大学迁来迁去。临时大学常设委员会拟在发生严重情况时，步行去芷江（沅州）。

此时，长沙战事越来越吃紧，临时大学好像也无法设在长沙。1938年1月10日，朱自清与杨今甫通电话，得知教育部已经同意迁移至云南计划，但非最后决定。17日，杨今甫致电，告知学校将从2月初开始迁移，途经广州、海防到昆明。1月20日，朱自清给杨今甫写信，指出学校迁移后将出现问题。1月25日学校正式宣布临时大学将迁云南，朱自清感觉"此事甚复杂"。转眼，农历除夕到了，朱自清和学生一起晚餐，散场以后再喝酒。大年初一，朱自清感觉自己甚疲倦。2月2日，长沙临时大学来电，确定文学院迁移并计划步行。学校不停地迁移，让朱自清凄楚之情油然而生。

1938年2月17日上午十一时，朱自清他们抵达桂林。在桂林的几天，游山玩水看戏，多少缓解了舟车劳顿，但朱自清内心摆脱不了低回的情绪。21日在阳朔一个村庄，朱自清他们遇上了村民举行的一个仪式：他们唱着歌，敲着鼓，从庙内抬出一木制龙头。村民的歌声在朱自清听来很悲伤，在鼓声的敲击中，村民与大自然搏斗时悲哀地呼喊着。在阳朔的那几天，朱自清做了一个噩梦，在梦中他几乎死去。从阳朔出发，宿柳州，过南宁，再抵龙州，然后往越南河内。在南宁，同人之间发生摩擦，朱自清说“甚无谓”。那一天朱自清成诗一首：“招携南渡乱烽催，碌碌湘衡小住才。谁分漓江清浅水，征人又照鬓丝来。”在河内几日，梁思永与李志奇来访，李说联大将前往蒙自，朱自清觉得这绝非明智之举。3月26日，阳光偶现，朱自清等离开河内，一路颠簸。朱自清不禁想起在忧患中的同胞兄弟，想起祖国的未来与自己今后的命运。

朱自清一行到达昆明时，联大已决定文学院去蒙自办学。朱自清等4月5日上午到达蒙自，郑天挺到火车站迎接。当晚郑与朱自清等商量教员、宿舍安排等事项，6日，两人视察校舍。7日，蒋梦麟电郑，建议改用植物油灯，郑与朱自清等商量，仍用煤油灯。最困难的是教授宿舍安排一事，两次商谈宿舍安排未果，朱自清在日记中留下“甚困难”三个字。郑也在日记中说与蒙自同人“谈商教授宿舍事至夜十时”。15日终于商定出办法，抽签安排教员宿舍。郑在当天记：“此事纷纭三日矣，惟一己私利是视，吾深耻之。”起初教授两人一间，后来四人一间。每间宿舍有门互通，不免喧扰纷乱，这情形有点类似南岳时期。在5月2日的教授会上，汤用彤当选蒙自校务委员会主席，朱自清当选书记。5月4日，北大学生集会纪念“五四运动”，邀朱自清致辞，蒙自校区终于开学了。

两个月后的7月3日大雨，学校在这一天决定文学院迁回昆明。朱自清是文学院中最后一位离开蒙自的老师，留下做文学院迁往昆明的善后工作。9月1日陈岱孙写信给朱自清，告诉他不少学生赞扬他的安排。8月16日，一些同人离开蒙自，朱自清因午睡误时未能送行，他在当天的日记中说：“近来时感命途多舛，今天更感无家无友之寂寞，孑然一身，自卑感油然而生。事业上不如程，学识上不如罗、陈，尤其是陈。与人相处方面，几乎都不如。”在昆明的妻子来信想换房子，抱怨街上的嘈杂声妨碍安睡以致失眠三夜，朱自清不禁感到“生活确实悲苦”。

## 二

在西南联大的故事中，朱自清也许并不是主角。《联大八年》一书中，学生记诸多教授，朱自清不在其列。和联大许多教授相比，朱自清的个人风采似乎稍显逊色，但朱自清在最基本的方面呈现了联大教授的底色。如果说西南联大是巨幅油画，我们可以在朱自清那里看到这幅画的部分细节。

朱自清在联大的生活、处境、研究和心境，如他1943年12月22日致俞平伯信中所说的那样："弟离家二年，天涯已惯，然亦时时不免有情也。在此只教读不管行政。然迩来风气，不在位即同下僚，时有忧谗畏讥之感，幸弟尚能看开。在此大时代中，更不应论此等小事；只埋首研读尽其在我而已。所苦时光似驶，索稿者多，为生活所迫，势须应酬，读书之暇因而不多。又根柢浅，记忆差，此则常以为恨者，加之健康渐不如前，胃疾常作，精力锐减。弟素非悲观，然亦偶尔栗栗自惧。"所谓"尚能看开"并不是完全看开，我甚至觉得朱自清在去世之前，也没有把许多事情想开和看开。这其实不重要，重要的是"在此大时代中，更不应论此等小事"，这就是朱自清和他们这一代人的境界。

在许多人的回忆文章中，都谈到了"跑警报"，朱自清的日记中也有这方面的记载。1938年9月28日，日机空袭昆明，联大师范学院被炸毁。朱自清去师范学院看到死者静躺在地上，惨不忍睹。9月30日，为避空袭，出昆明小东门，朱自清在城外待了五个小时。警报响了两次，但敌机未来。因担心敌机扫射，朱自清卧倒在地上许久。此时此刻的朱自清，是紧张、恐惧，还是麻木、发呆？他透过厚厚的眼镜片看到了什么？

和联大的许多同人一样，日常生活中朱自清喝酒、抽烟，喜欢打桥牌，还与同人成立桥牌俱乐部，偶尔也打麻将输钱。有时他发誓下次不赌博，此种游戏应戒除。应酬时候喝多了酒甚至偶尔失态，然后他又后悔不已。同人朋友的茶会、餐会隔三岔五便有。在昆明，杨振声、王力、钱端升、陈岱孙等常常招待朱自清；王力夫人帮朱自清缝过包裹，补过袜子；吴晗夫妇也给朱自清包过饺子；朱自清也会做东宴请朋友。在成都学术休假期间，叶圣陶等朋友和邻里，也给朱自清一家许多帮助。在西南联大教授的日记或回忆文章中，可以读到诸多联大同人聚会、打麻将等细节，这是他们艰苦生活中互相取暖的一种方式。问题也随之而来，过多的应酬是肠胃不适的原因之一，朱自清有时也想起一位大夫告诉他的一句谚语：参加盛宴的人是用牙齿掘自己的坟墓。朱自清有时觉得过于挥霍，提醒自己“必须量入为出”。不仅如此，大量的时间也在这样的关系中消耗。1939年1月12日朱自清在日记中说：“自从开学以来，我一直不能集中精力学习与研究。这是个严重的问题。现在习惯于早晨去学校，下午访问、购物，晚上参加晚餐会等。这种处境将毁了我。”在这样的日子里，朱自清时而感叹生活没有意思。和常人一样，朱自清他们也在一地鸡毛中度过日常生活。

在沈从文的记忆中，朱自清的土耳其式毡帽和灰棉袍，是西南联大同人记忆最深刻的东西，这两样东西加在“瘦小横横”的身架上，见出一种悲哀的分量。在昆明时期，朱自清身边又多了云南特制的硬质羊毛毡。昆明的天气，其实不需要如此厚重的被盖，但朱自清的床上却有了这一片毛毡。有两次沈从文给朱自清送药去，朱自清正值午睡方醒，沈从文看他从那片毛毡中挣扎出来，心中觉得悲戚。沈从文想象朱自清躺在硬板床上，用毛毡盖住胸腹午睡情形，一定更为凄惨。

1940年8月，朱自清开始学术休假，在成都生活一年。朱自清与陈竹隐和孩子们在一起，放松许多。朱自清一家租借了一处寺庙中的房子，叶圣陶说佩弦所赁屋简陋殊甚，系寺中草草修建以租予避难者也。在成都，一样的经济拮据，而食用的普通大米也加剧了他的胃病。朱自清的胃病越来越严重。1941年2月以后的日记，在时间、天气之后，朱自清标注了符号，表示自己胃病的情况。1943年下半年以后，显示胃病越来越重的符号增多。朱自清在成都经常是一日两顿饭，过去不知饥饿为何物，现在一到中午十二点腿也软了，手也颤了，眼睛发花，要吃点东西才行。朱自清的胃极敏感，用餐时孩子吵闹，也会影响到他的消化功能。朱自清经常在油灯下连续工作几夜，油灯光线摇曳不定，在1941年4月下旬他的眼睛出现复视现象。朱自清只能早睡早起，不睡午觉，暂时不写东西，也不看模糊不清的版本。那几天朱自清一直为眼病和经济拮据发愁。陈竹隐劝他不必发愁，日记记下了陈说到的理由：家庭琐事不必去管，特别是房子少的情况下；可以靠孩子们；经济上不至于全无办法。朱自清觉得此说不无道理。

朱自清的心情时常是灰暗的。1941年4月5日，朱自清赋诗抒怀，其一："挂眼千家黑，娱魂一焰青。群鼾成隔世，瘦影独横经。日出还生事，天高有铩翎。狺狺勿相警，微尚付沉冥。"其二："吾生为事畜，廿载骨皮存。圭角磨看尽，襟怀惨不温。追欢惭少壮，守道枉朝昏。剩学痴聋老，随缘寐莫喧。"隔了一天，朱自清和叶圣陶散步到一家茶馆，叶圣陶读了朱自清新成的诗作，非常理解他内心的世界，但劝他不要那么悲观。在4月26日的日记中，朱自清说了他和叶圣陶这位挚友的差异："圣陶确有勇气面对这伟大的时代。但我与他不同，他有钱可维持家用，而我除债务外一无所有。"

吴组缃于阔别十一年后在成都见到朱自清。朱家暂居报恩寺的一座小尼庵院落，当朱自清从屋里走出来时，吴组缃愣住了，“他忽然变得那样憔悴和萎弱，皮肤苍白松弛，眼睛也失去了光彩，穿着白色的西裤和衬衫，格外显出了瘦弱劳倦之态”。吴组缃没有料到朱先生会变成这样，心里不禁沉甸甸的。也是在这座古庙的院落里，李长之见到朱自清，他没有想到几年的折磨，朱自清的头发像多了一层霜，简直是个老人了。又过了两年，李长之在重庆沙坪坝中央大学见到朱自清时，感觉他恢复了往日的健康，头发又是乌黑乌黑的，仿佛又是清华园里的朱自清了。

可以想象朱自清的焦虑，到了1941年5月初，他还没有收到四月的薪金和生活补贴。5月8日，清华会计科寄来生活补贴费的收据，但没有提及薪金，也未得到银行通知，朱自清很焦虑。5月10日，朱自清收到四月份薪金与生活补贴的汇票，汇票兑得现金八百九十多元，还债和寄钱后，本月只剩一百三十四元生活费。此时米价已经飞涨至六百元左右一担，而各地政府的补助将与当地物价一致。5月18日记云：“这一情况及我休假行将期满，都使我很忧虑，我的研究工作远未完成。我们可以指望政府的帮助，但补助将与当地米价一致。我们的补助无疑是根据昆明物价，而昆明物价比这里低得多。我的家庭必须住在这里。因此补贴比起没搬家到这里时大大不够。举家迁此，实在铸成大错，现在无法弥补，甚至以我的生命为代价。等着瞧吧！”当时雇佣一名仆人，月耗费百元以上，而这几个月经常入不敷出，朱自清决定只雇一人。他感叹说：“从明天开始，我将成为家庭的奴隶。”

1941年秋，朱自清回昆明，陈竹隐仍居成都，供职四川省图书馆。从成都回到昆明，朱自清独自一人生活，心挂成都和扬州几处，饮食起居没有规律。朱自清的胃病加重，医生甚至怀疑是胃癌，他的心脏因营养不良而缩小。我们无法想象贫病交加的朱自清，曾经扛着行军床到昆明百货行寄售。1942年4月8日晚，朱自清拖着疲惫的身躯，挟行军床到永安行寄售。上一天晚上，朱自清在这里曾询问一个留着短须的估价人，他要的价格是一百二十元，估价人说一百元左右。现在估价的是个少年，此人极有口才，说帆布已经破了，只能按床架论值。这个少年标价是五十元，朱自清与他讨价还价，增加到六十元。朱自清想再加五元，这小子说五元算什么，结果未加。朱自清回来的路上想想，帆布虽破，也值五六十元，床架也值五六十元，现在合在一起以六十元出售，实在心不甘。晚上，朱自清仍然心中愤懑，不能释怀。

终日疲倦的朱自清，感受到室外的寂静。他走到门外，看到绿色的树在阳光中映出银色的阴影，夏日之感让朱自清内心有了慰藉。夜间停电，月色静静地映照着屋前的小小荷塘，有一种远离尘世的感觉。此时的朱自清或许像以前在荷塘边散步一样，什么都可以想什么都可以不想。但这样的感觉“惟为时不久”，朱自清还是生活在尘世中。

## 三

朱自清很长时间主持清华大学中国文学系，办系方针是用新的观点研究旧时代文学，创造新时代文学。在西南联大期间，他也一度兼任文学院中国文学系主任。读《清华大学人文学科年谱》，现代大学中文系的成熟与朱自清的贡献有关。朱自清对国文的普及也很尽心尽力，和叶圣陶等编过多种国文读物。在这个意义上，朱自清堪称现代教育家。沈从文回忆说：“熟人记忆中如尚记得联大时代常有人因同开一课，各不相下，僵持如摆擂台局面，就必然会觉得佩弦先生的折中无我处，如何难能可贵！又良好教师和文学批评家，有个根本不同点：批评家不妨处处有我；良好教师却要客观，要承认价值上的相对性、多元性。陈寅恪、刘叔雅先生的专门研究，和最新创作上的试验成就，佩弦先生都同样尊重，而又出于衷心。一个大学国文系主任，这种认识很显然是能将新旧连接，文化活用，引导所主持一部门工作到一个更新发展趋势上的。中国各大学的国文系，若还需要办下去，佩弦先生这点精神，这点认识，实值得特别注意，且值得当成一个永久向前的方针！”

在联大，朱自清讲授宋诗、文辞研究和文学批评等。朱自清的授课是在学术研究基础上，而且备课充分，但教学效果并不如他期待的那样好。这也是一个有意思的现象。1942年9月23日，开始讲“文辞研究”，朱自清在日记中说仅到一名学生王瑶。因为这门课内容枯燥，王瑶记得全班只有他一人听课。朱自清的研究生季镇淮则回忆说，除了他自己（清华研究生），还有清华中文系的复学生王瑶。按照季镇淮的回忆，听这门课的是他和王瑶两人。合理的推测是，季镇淮或许不经常去听课。季镇淮说，在那间教室里，王瑶坐在前排，季镇淮坐在后排。朱自清走进教室，他微笑着，然后开始上课。朱自清拿着四方的卡片，在黑板上一条一条抄写，抄过了，再讲，讲过了，再抄。季镇淮说，王瑶抄了笔记，他没有抄。

9月30日下午三时讲课，朱自清踯躅独往教室，教室空无一人。这门课的情况使朱自清很失望，他开始怀疑自己的讲课能力。11月19日，王瑶缺课，朱自清只好回家洗衣服。1943年3月新学期，朱自清仍然讲授“宋诗选”这门课。他在3月2日日记中说：“许多学生不选宋诗课，原因尚不得知。”为此，朱自清“甚不快”。我们熟悉的汪曾祺也是经常逃课的学生，常去昆明城泡茶馆，给朱自清留下不好的印象。据说罗常培曾建议朱自清收汪曾祺当助教，朱自清说：“汪曾祺连我的课都不上，我怎么能要他当助教？”即便是一名学生或两名学生，朱自清授课时仍然像大课一样讲授，考试的要求也是如此。这门课结束了，朱自清对他们俩分别考试。季镇淮记得朱先生让他分段标点两篇文章，一篇取自《左传》，一篇是《孟子·滕文公下》“陈代曰”一章。交卷后几天，朱自清将标点文还给季镇淮，试卷上朱自清用铅笔添注了季镇淮个别没有懂的字，校改了一两处标点。再过几天，朱自清在昆华北院见到季镇淮说：“有一处标点是你点得对。”

在学术研究上，朱自清也一直处于焦虑之中。这位用心和谨慎的先生，感到自己旁骛太多，力不从心，1939年10月写数信请求辞去中文系主任职务。朱自清在致吴组缃的信中说：“我这些年担任系务，越来越腻味。去年因胃病摆脱了联大一部分系务，但还有清华的缠着。行政不论范围大小，都有些麻烦琐碎，耽误自己的工作很大。我又是个不愿马虎的人，因此就更苦了自己。况且清华国文系从去年下半年起，就剩了一个学生。虽不一定是我的责任，我总觉得乏味。今年请求休假，一半为的摆脱系务，一半为的补读基本书籍。一向事忙，许多早该读的书都还没有细心读过，我是四十多了，再迟怕真来不及了。”

几年以后的1948年4月12日，已经复员回到北平的朱自清在日记中记录了冯友兰对他学术研究工作的评价："芝生谓余等之研究工作兼有京派海派之风，其言甚是；惟望能兼有二者之长。”在这样的路径中，朱自清既有专门的研究领域，也做学术普及工作。关于朱自清西南联大时期的学术研究，可以从他1940年休假函及研究计划和研究总结报告中看出基本面貌。1940年5月8日，朱自清呈梅贻琦校长《国内休假函及研究计划》，申请下一学年在国内休假研究："窃中国文学范围内，'散文（包括骈散二体）之发展'一题目，现在尚无专门研究之人。坊间虽有'散文史''骈文史'等书，类皆仓卒成编，以抄撮故言为能事，不足语于著述。清年来对此题目甚有兴趣，拟从历史及体式两方面着手。”细读朱自清的研究计划，会发现我们现在名目繁多的表格包括项目申请书之虚空。朱自清的计划是，若能休假，拟专门研究上古至汉初时代散文之发展，这是从历史方面着手。朱自清设想分题两种，拟各成论文一篇。至于体式研究，朱自清准备先选择数种古裁集，统计其句读长度作为研究基础，他坦言此项工作能否进行，须视时间而定。计划还谈到科研助理及费用问题，预定二百元可以足用。朱自清体贴校方，说此款如时间来不及，或不动用。朱自清也顾及中国文学系的教学工作："至系中功课，因下年度闻一多、王了一先生均休假返校，并无困难。此层已经与联大代理系主任罗莘田先生商酌，得其同意。"在这段文字中，我们也可以领略联大学术秩序之一斑。三个月后，联大办事处致函在成都休假的朱自清，要求他报告休假研究工作情形。8月28日，朱自清致函校长，报告研究梗概。

在那样一个纷乱的年代，能够放下一张书桌并读书，既是朱自清学术研究的需要，也是他的心安之处。《朱自清日记》记录了朱自清的书单，涉及文史哲和社会科学的论著。朱自清如饥似渴地读书，是想成为"名副其实"的教授。在联大初期，朱自清就告诫自己，为使自己成为名副其实的中国文学教授，得进修古典文学，背诵著名古诗并阅读近期各种社会学刊物上的文章。朱自清在学术上是一位不断反省自己不足的学者，比照钱穆的《师友杂忆》，朱自清毫无钱穆的那种自负。他感觉自己的研究一向以普通材料为依据，所以有必要深入先秦书籍。即便是讲座，他也会检讨。朱自清一次为高原文学社成员上课，谈汉语中的隐喻与明喻，虽然以为成功，但还是觉得自己未做很好准备。

现在谈论朱自清，多着墨他的散文成就。关于朱自清的学术，浦江清在1938年10月撰写的《朱自清先生传略》中有比较精当的概述："他的散文更其精练老到，思想更其开广，更其注意到通俗的大众化的文学，在现代文学批评中，他的持论最通达公正，名望甚高。他在昆明时渐致力于文学史的研究，授此项功课三年，所以处处能用历史的观点，通古今之变。最后，他研究通俗文学，注意小说史，还没有论文发表。"在联大和朱自清交往较多的沈从文，作为小说家，他从性格入手，谈到朱自清学术研究的特点，可谓知人论世。沈从文说："他对事，对人，对文章，都有他自己意见，见得凡事和而不同，然而差别可能极小。他也有些小小弱点，即调和折中性，用到文学方面时，比如说用到鉴赏批评方面，便永远具教学上的见解，少独具肯定性。用到古典研究方面，便缺少专断议论，无创见创获。

即用到文学写作，作风亦不免容易凝固于一定风格上，三十年少变化，少新意。但这一切又似乎和他三十年主持文学教育有关。在清华、联大‘委员制’习惯下任事太久，对所主持的一部门事务，必调和折中方能进行，因之对个人工作为损失，对公家贡献就更多。”沈从文的这段文字，没有往高处评价朱自清的学术，而是坦率提到朱自清的不足以及相关原因。后来的朱自清研究资料很少选择沈从文的这篇文章，可能是研究者担心此文影响人们对朱自清的认识。这样的担心应该是多余的。朱自清五十一岁辞世，如果天假以年，他的学术成就当是另一番面貌。许多人感慨，在那样的年代，联大的学者取得如此之大的成就。其实，如果不是战争，包括联大学者在内的中国现代学者或许会创造更为辉煌的学术成就。

## 四

在气质上，朱自清忧郁、敏感，也特别自尊。朱自清与人交往不分左中右，但不会周旋。他心里想从世事纷扰中解脱出来，非常喜欢自己写的对联：埋名隐姓，忧谗畏讥。但这很难做到。朱自清的敏感和自尊在正常的范围内，一些人想在心里，朱自清则把它留在日记上。一个人与自己相处都不容易，何况与别人。在人际交往中使朱自清敏感、反感或生气的细节，在对方常常也许是无意为之或者性格使然。就像朱自清有性格和缺点一样，同人和朋友也免不了。朱自清在日记里对朋友的评价，往往是说过也就罢了，心中不存芥蒂，也就不影响彼此之间的友谊和交往。朱自清的日记公开出版后，编者解释他生前并不想出版，担心读者和相关的朋友会误解朱自清。其实，我们赞美朱自清"完美的人格"，但没有必要把朱自清变成一个"纯粹"的人。

1939年2月27日，在昆明咖啡馆参加浦江清的晚餐会，朱自清遇到旧识沈章，他提醒沈是十年前的旧交，但沈对他的话毫不在意。上一天理发，第二天感冒，朱自清认为是理发师为他剪鼻毛所致。11月11日朱自清在日记中议论：在志趣相左的人们中不应说话太多。这个感慨可能与他遇见张企泰有关，朱说张颇高傲，未脱帽，他也就没有脱帽。这样的细节在日记中能找到若干。对事物的不同判断，也会在心理上产生微妙的变化。1939年11月1日，朱自清陪同杨振声访问叶公超，朱感到叶过于高傲。叶公超很讨厌英国赔款委员会，杨振声要求他给获得庚子赔款奖学金的学生讲些英文课，他答应下来，但说不要讲课酬金。朱自清评论说：岂非矫揉造作。当天叶公超留他们午餐，招待炸牛排，糖拌燕麦粉。1940年2月15日，叶公超夫妇携孩子们来访，朱自清同样热情招待。陈竹隐做了碎肉面，叶公超很喜欢陈竹隐自制的火腿。朱自清说这是陈竹隐的一大成功。

朱自清责己严，对别人的不周就会敏感。1943年1月16日，罗常培告诉朱自清《国文月刊》下周四拟举办晚餐会，希望他能出席，朱自清说他下周三要回到乡下。朱自清心想，他和这家杂志关系很深，应该和他商量晚会的日期。朱自清因此责怪操办此事的余冠英，他没有得到任何形式的通知，余冠英应该向他致歉，他决定以不参加宴会向余冠英表示抗议。但到了下周四，朱自清还是参加了《国文月刊》举办的晚餐会。1943年4月16日，朱自清访问罗常培时获知，闻一多、王力等发起成立中国语言文字学会，他觉得闻、王二位应该与他商量此事，在日记中说“为此甚不快”。1943年1月27日，朱自清到研究所，为浦江清之冷淡和季镇淮占了桌子而不快。但很快浦江清对朱自清表示了关心，季镇淮也移往他桌，朱自清的心情又平复下来。一个人活得累的原因与自己的心理状态关系很大。朱自清在意别人的态度，就不免会折腾自己。

朱自清意识到自己这样的状态需要改变。1943年4月1日晚，朱自清演讲，虽然听众很少，但他相信演讲是成功的。同场的罗常培以优美的声调朗诵几首诗和几段文章，但朱自清觉得罗并不重视他的演讲，在介绍他时语调十分平淡，甚至批评他的演讲。朱自清在日记中大方地说：不计较这些！1939年1月20日，有一名学生在墙报上贴出短文，与朱自清辩论导师制问题，此前朱自清的《论导师制》已发表。朱自清认为学生会不愿接受教师的领导，因为他们往往是群众运动的领导人，并可利用集体组织来为自己的利益而斗争。在墙报上贴短文的这名学生认为，学生不会与教师对立，也不会为自己谋利。朱自清读了这篇短文，说作者的语气还不算刺耳。朱自清由此提醒自己："最近形成一个习惯，即为某种不必要的原因而信口开河，这将毁掉我的工作。"1946年3月3日，参加吴蕴珍葬礼，朱自清感触很深。他在日记中写道："近来方感容忍之难，并尽力克制。须冷静对待不快，对一切取超脱态度，处之泰然，甚至玩世不恭。""我自我剖析，深感应对自己进行一场革命，以丢掉自私与懦弱。"

王瑶在二十世纪五十年代初就说过，朱自清先生和闻一多先生的私交不如一般所想象的那么深。谈论朱自清和闻一多关系的文章很多，其实我们不必费心找材料论证闻朱关系之深浅。中国知识分子后来越来越世俗化，常常从关系出发来论是非。1948年7月15日，朱自清在辞世的前一个月，还抱病参加闻一多死难两周年纪念会，报告全集的编纂经过。朱自清去世后，王瑶在先生的书桌上看见一张入院之前写的纸条，上书他搜罗到的闻一多四篇作品的名称，作为全集的补遗。既懂闻一多，也懂朱自清的王瑶说，朱先生编闻先生的全集，并不只是为了私谊。

确实，朱自清和闻一多两人的性格差异太多。在昆明初期，朱自清、沈从文等与张充和一起编高中国文教科书，朱自清管散文，沈从文管小说。在张充和的印象里，闻一多的性子刚烈，朱自清的脾气很好。张充和回忆说："朱自清话不太多，人很好，很和气。他一边在西南联大教书，一边参加编书，他平时不常来，编书才在一起。他个性严肃，不爱讲笑话，所以虽然很熟，但私交不深。听说朱自清的太太也会唱昆曲，但因为不常在一起，所以没和我们一起玩。相比之下，和闻一多更熟一些。"

刚烈的闻一多在具体事情的处理上是粗糙的。闻一多在学术上的成就原本就让朱自清有不少压力，一旦有了具体事情涉及自己，朱自清也就很容易产生不快。1939年5月4日，联大教务长樊际昌与朱自清谈中文系助教人选问题，樊说闻一多的意见是最好不要让杨遇夫回来，中文系留几个空额也是明智之举。朱自清不想固执己见，但对闻一多事先未与他商议感到不快。下午朱自清访闻一多，坦率地要求闻若有什么主张，应先与他商量。闻一多对朱自清表示抱歉并赞赏他的意见。5月19日下午，在杨振声家与罗常培、杨振声谈大一国文问题，谈到关于闻一多的态度时，朱自清说自己的学术地位低得可怜。说出后，朱自清又觉得自己确实有些失态。一切如常，5月28日朱自清访问闻一多，讨论诗和史。1943年5月19日，王瑶告诉朱自清，闻一多让他报考文学研究所，并答应可以聘其为兼职助教。而此事，闻一多事前也未让朱自清知道。

这样的状况在他们两人的关系中循环。1942年4月10日，晚餐时，闻一多和他的孩子坐上座，朱自清为此不快。他由此想到闻的孩子曾说闻是自己的老师，朱自清觉得这当然可笑，但可以看出孩子对他的评价。朱在日记中写道："孩子的评价尽管不必认真，但过于尖刻了。应该加紧用功，从此言行宜更加谨慎，时刻牢记'忧谗畏讥'之语可也。"8月28日，闻太太问闻一多：朱自清任教授是否已十年以上？闻一多给肯定回答。朱自清说由此了解闻家对他是什么印象。朱自清也很想和闻一多多谈心，但感觉闻“冰冷”。一旦闻一多热情了，朱自清会特别开心。1942年10月16日，闻一多邀朱自清午餐，朱说这“使我非常快慰”。过了几天，又循环到不愉快。10月20日，参加罗常培等人的晚餐会，餐后聊天，谈中国书信的敬语，闻一多一概称之为“虚伪”，两人发生争论。如往常一样，朱自清受不了闻一多的“一概抹杀”，他用很谦虚的语调与闻一多争论，谓此种虚伪或有必要。在他们之间，有时说者无心，听者有意。1942年9月10日，闻一多痛骂刘叔雅，朱自清感觉闻态度傲慢，刘是自作自受，但闻如此责骂同事太过分了。当闻一多说他不愿意再为他人服务时，朱自清认为闻一多是在讥讽他的妥协脾气。

虽然对闻一多有所不满，但朱自清关心闻一多，在关键时刻力挺之。1942年7月29日，患病的闻一多写信给朱自清，托他向梅贻琦校长借车接他，但梅没有司机。30日早上，梅贻琦请陈雪屏向蒋梦麟借车，蒋梦麟以汽油不足加以拒绝，闻一多下午只能乘人力车回住处。当时正在建立国立大学教授制，即评选所谓国家教授。在推荐人选时，朱自清推荐了王力和闻一多，王力则推荐了朱自清。1943年5月9日，闻一多要朱自清与他同去登记参加国民党，朱自清以未收到邀请为理由加以拒绝。罗常培已经给了闻一多国民党入党申请书，后来闻未加入国民党，这与朱自清拒绝加入国民党有很大关系。和闻一多逐渐热心政治不同，朱自清显得谨慎。1945年3月6日，朱自清访闻一多，说自己不准备在《昆明知识分子宣言》上签名，闻一多当然会失望。再访吴晗，吴对朱自清也很冷淡。此后，朱自清的政治倾向开始发生一些变化。1946年4月14日，闻一多在联大校友会演说，提及自己憎恨母校。朱自清日记记："梅校长为此震怒，欲将闻一多解聘，余对此表示了反对意见。"

1946年6月13日，即将启程去成都的朱自清与闻一多话别，这是他们最后一次见面。

一个月以后，7月17日，在成都的朱自清从报纸获悉闻一多遇刺身亡，三子尚未脱离危险。朱自清异常震惊，他在日记中写道："自李公朴街头被刺后，余即时时为一多之安全担心。但未料到对他下手如此之突然，真是什么世道！"20日，朱自清写成《闻一多和中国文学》。在21日联大校友举办的闻一多追悼会上，朱自清以此稿作了讲演。在8月4日上午的北大校友会上，朱自清以幽默的方式强调集体之友谊。在近城园的午餐会上，朱自清作了悼念闻一多的简短演说，当场群起为闻一多家属捐款。8月9日，叶企孙致电，催促朱自清尽快往重庆，参加李公朴、闻一多追悼会筹备会，但机票太难买了。16日，朱自清写了那首悼念闻一多的著名诗作：《你是一团火》。

最初，“狷者”是别人批评朱自清时用的词。余冠英回忆说，清华1930年年刊里他的小传是老师朱自清写的。在今天看来，教授给学生写小传是一件有趣也有意思的事。在这篇小传里，朱自清说余冠英是“狷者之流”，“外温热无圭角而内颇有所守”，文章是“理胜于辞”。余冠英看后笑着告诉老师：别人正是这样批评你的。朱自清也笑了，对这样的批评未表示意见，余冠英感觉朱自清似乎默认了。在闻一多、朱自清身后，李广田和冯友兰差不多同时说闻一多是“狂者”，朱自清是“狷者”。李广田是在人生道路层面上说两者的差异：“和闻先生相比，假如闻先生是狂者，那末朱先生就是狷者，然而狷者之中也有积极的与消极的之分，朱先生是积极的狷者，是并不止于‘有所不为’而已的，这使他免于成为迂腐的狷者或乡愿式的狷者，这使他成为一般知识分子所最容易追随的前驱，成为一般知识分子最好的典型。”李广田是理解闻、朱二位先生的，他说朱先生成为“一般知识分子”的“前驱”和“典型”，也是基于对多数知识分子或一般知识分子的认识的。“狂者”总是少数。冯友兰则是从为人处事的风格上揭示二者的不同：“一多弘大，佩弦精细。一多开阔，佩弦严谨。一多近乎狂，佩弦近乎狷。二位虽不同，但结合在一起，有异曲同工，相得益彰之妙。”

异曲同工，相得益彰。——冯友兰确是大手笔。

## 五

当蒋梦麟在一次会议上说西南联大是“民主堡垒”时，在场的朱自清认为蒋梦麟这样讲话是需要勇气的。确实，如李广田所说：“抗战对于文化工作者的最显著的影响是‘人’的改造，也就是生活的改造和意识的改造。严肃而认真的朱先生当然也接受了这样的影响。”在抗战胜利之后，当朱自清说闻一多是一团火时，他自己也开始燃烧起来。

清华园里的朱自清并不涉足政治，不妨说他是一位自由主义知识分子。“西安事变”后，朱自清的反应是：“张学良兵变，扣押蒋介石，尚无详报，此诚大不幸也。”1936年12月14日又记：“一些激进学生对其同志发出通知，称彼等应努力促进华北大联盟，并称华清池有五万人请愿，要求对日宣战，而约四十人被蒋介石的卫兵开枪打死，因此张学良的行动是正当的。”朱自清显然是不赞成“激进学生”观点的。15日，下午清华教授会，通电中央请讨伐张学良，另拟宣言，朱自清负责宣言起草委员会。20日，陈明竹访朱自清，两人谈及国家形势，朱自清感觉陈很左，坦率表示自己站政府一边。21日的国文课上，朱自清发表拥护政府意见。在当天的纪念周活动上，张奚若就“西安事变”发表演说，拥护政府并反对恶化势力，朱自清闻之颇受感动。

联大的教授们在一起也常常议论时局。1939年2月21日，参加蒋梦麟校长的茶会。郑天挺在当日记：“今日师招待校中重要教职员茶会，报告到重庆接洽经费情形。”朱自清的日记除了记录经费一事，还述及蒋梦麟谈政治与军事形势的话题：“政府趋向于部分改组，但人事调动和职位分配问题困难重重。大家都愿意维持现状。关于军事方面，当局认为日本缺乏兵员，无力再向北向南推进。但他们可能想越过粤汉铁路。不过，委员长很乐观，他认为只要国际委员会出面调解，中日战争可望在一年内结束。”此时的朱自清对共产党似乎知之不多，但他清楚政府不会倾向共产党，因而也担忧政治纷争对时局的影响。

1939年6月11日，朱自清和刘新亚午餐时谈起了战争的发展趋势，刘认为战后政府将在人民群众的压力下向左摆，但不会倾向共产党。朱自清在日记中说他同意刘的这一看法。1941年3月10日记："据昨今两日报载蒋委员长在参政会再次提出共产党当参政员之条件，实质上不妥协，但口气尚温和；特别未提要剿共军，似乎还没有断绝希望。"

在抗战胜利前后，朱自清对蒋介石及他领导的国民党政府的看法开始发生变化。1945年5月26日，冯友兰讲述国民党"六大"情况，朱自清等大失所望。朱自清在日记之中写道："老头子毫无远见，失去声望。彼全然背弃自己之信念，迟早将引起反抗。"10月29日，钱端升来访，请朱自清等在对当前政局申述意见之电报上签名，内容是反对蒋介石独裁统治，朱自清没有犹豫，在电报上签了名。即便如此，朱自清对政治运动还是持谨慎态度。1945年12月1日，"一二·一惨案"发生。朱自清12月2日记："上午开教授会，选出三位代表与学生磋商，并参加下午为死难者举行之追悼会。学生说追悼会后要游行。我们都很紧张。约有二十来位教授参加了追悼会。余未往，但肃穆静坐二小时馀，谴责自我之不良习惯，悲愤不已。"12月9日，联大公祭四位死难者，朱自清到灵堂向死难者致敬。

1946年10月7日，朱自清乘坐中研院汽车去白市驿机场，登上从西安飞来的大型客机飞往北平。到了北平上空时，朱自清从舷窗下望，久违的北平城还是那样美丽。在北平，一切看上去似乎在循环：10日到清华参加开学典礼，然后访友、读书、写作、备课，编《闻一多全集》。但此时和此后的北平，此时和此后的清华，已不完全是当年的北平和清华。12月10日在吴晗家与吴晗夫妇共进午餐，吴晗夫妇引用某人的话攻击胡适和傅斯年。20日，访俞平伯，两人长谈，俞平伯说他“已感到时代精神”。12月30日，学生罢课抗议美军搜捕。胃病继续困扰朱自清，日记上有了胃病越来越加重的符号。

所谓“时代精神”也在朱自清身上有所反映。王瑶在1953年悼念自己导师朱自清的文章中，梳理了朱自清与政治和时局的关系。1947年2月，签名《抗议北平当局任意逮捕人民书》；5月，签名呼吁和平宣言。1948年5月，签名抗议国民党北平市委吴铸人谈话内容；6月18日签名《抗议美国扶持日本并拒绝领取美援面粉宣言》；7月9日，签名抗议“七五枪杀东北学生事件”；7月23日抱病参加座谈会，讨论“知识分子今天的任务”。如王瑶所说，朱自清对政治的态度“显然是更激进”了。另外的细节，又显示了朱自清激进之外的一面。1948年6月，朱自清签名拒绝领取美援面粉后，季镇淮在荷塘边遇见先生。朱自清说，我已经签名拒绝领取美国面粉了，你们很困难，比不得我们，不要因为我不领受影响。三十年后，季镇淮想起这样的场景。

在朱自清去世后，他在杭州第一师范任教时的学生冯雪峰写下了悼念老师的文章《悼朱自清先生》。冯雪峰在诗人、散文家、批评家和教育家、青年的领导者（也许称导师更合适）之外，给朱自清另外一个身份：民主运动的诚实的参加者。冯雪峰确定朱自清是“民主战士”，但意识到“论到作为一个民主战士的他，我们好像还不能列举他许多值得列举的战绩似的”，这样的表述无疑是以闻一多的“战绩”为参照的。也许，最了解朱自清的还是他的学生吴组缃。他在悼念先生的文章中说：“我要指明的是他不是那等大才磅礴的人，他也不像那等人们心目中的所谓大师。用他自己的话说，‘我是大时代中一名小卒，是个平凡不过的人’（见《背影》的序）。是的，他的为人，他的作品，在默示我们，他毫无什么了不得之处。你甚至会觉得他渺小，世俗。但是他虔敬不苟，诚恳无伪。他一点一滴地做，踏踏实实地做，用了全副力量，不断地前进，不肯懈怠一点。也许做错了，他会改正的；也许力量小了，他会努力的。说他

‘老好’也罢，‘随和’也罢，他可一直忠于自己的思想与感情，一直忠于社会与时代。”吴组缃说得好，朱自清“把牢了大处”。

后来对朱自清的评价存在这一个“吴晗视角”。在这个视角中，朱自清的思想历程是：二十年代，他对政治采取回避态度，经常弄不清是非，逃避不了的时候，有时站到错误的、反动的方面去；西南联大民主运动以后，除了个别例外，他总是婉拒参加运动，立场自处中间路线，是民主个人主义者；抗战胜利后，国民党的残酷迫害教育了他，他不能不走到他们的反面；他从“死路”里走出来，走到民主革命的道路上来了，他的体力虽然更加衰老，但思想、精神、感情却更加年轻了；他晚年的政治活动，表现了我们民族的英雄气概。——吴晗在六十年代观察、分析朱自清的视角和方法一直影响我们对朱自清的研究。

## 六

1948年8月13日，朱自清火葬之后，李广田从北平城外广济寺冒雨回到清华园，他陪朱先生的儿子回到先生的寓所。李广田看见朱自清的草帽和手杖还挂在他家过道的墙上，他疑心朱先生尚未离开他的书房，于是走进书房，看见书案玻璃下压着的两句诗：但得夕阳无限好，何须惆怅近黄昏。李广田感叹，这“无限好”的黄昏倏忽而逝，突然降临的黑夜就把一切给淹没了。

在8月19日深夜的清华园，李广田写下了《最完整的人格》这篇哀念朱自清的文字。李广田或许度过了一个不眠之夜，他思考了太多的问题，这些问题在他之后还有许多人在思考，“假如中国真正‘胜利’过，假如中国没有内战也没有‘戡乱’，假如中国已经民主，已经和平，假如朱先生生活得好，生活得如意，他何至于这样地死去。假如朱先生体力好，假如朱先生能够得到天寿，朱先生对于新文学、新文化、新社会的贡献将是无限的，这由他过去的成绩可以证明，由他近年的转变与进步更可以证明。朱先生在过去尽了他的力，在今天也尽了他的力，如果他活到将来，在新的社会中，将更有他的大用”。

这些问题也许可以称为“李广田之问”。

《新潮》：『夜猫』

喊叫催黎明

《新潮》第一卷 第一号

## 一

呼应《新青年》的是北京大学的新青年们，1919年1月1日，酝酿了一年多的《新潮》第一期正式出版，一时间风生水起。《新潮》创刊时，北京大学已经有二十一年的历史，但学生自主办刊则始于《新潮》。《新潮》与《新青年》的相互激荡，堪为二十世纪中国思想文化界最为灿烂的景观之一。一百年来，以学生刊物对现代中国的影响而言，无出其右者。

如果没有北京大学的改革，中国现代知识分子的诞生也许会延后数年。在蔡元培长校之前，北大也是所陈旧的学校。蔡元培校长以其大学理想、专业、怀抱和人格的影响，变更了北大的风气。几十年以后，《新潮》杂志的主要创办人之一罗家伦记忆犹新：蔡元培先生教训学生，来北大是为求学，不当为将来升官发财而来，乃是要为国家民族着想，为负起贡献世界文化的重要使命而来。在“五四”前后曾经代理蔡元培校长职务的蒋梦麟在他的《西潮》一书中也有和罗家伦相近的叙述：蔡元培先生以兼容并包的思想，集合了许多代学者，在北大研究讨论哲学、文学、人生及各种社会问题。于是，北大气象为之一变。

北大文科教授创办了《新青年》。集结在这份杂志周围的新式知识分子高举思想革命和文学革命的旗帜，抨击旧思想、旧道德、旧文学，这被仍然生活在旧社会的卫道士们视为大逆不道。一波未平一波又起，《新潮》的潮流又随之而来。罗家伦在这样的大背景下，谈起《新潮》的创刊："不久学生中我们一班朋友，又办了一个月刊叫《新潮》，以初生之犊不怕虎的精神，支持这个主张，更为积极，于是触犯了卫道先生们的大怒。""《新潮》以一个大学生的刊物，第一期出版不过一个月，竟至三版，而销数竟达到一万。"在谈到《新潮》与《新青年》的关系时，周策纵曾经评论说："在《新青年》集团和北大产生了联系以后，新式知识分子的意见受到高度的推崇和广泛的注意，一方面是因为北大在中国学术界的领导地位，一方面是因为有日益壮大的学生支持。"

1917年秋，北京大学学生傅斯年、顾颉刚和徐彦之萌生了创办杂志的想法。次年秋，徐彦之和陈独秀讨论他们的想法。

陈独秀说："只要你们有办的决心，和长久支持的志愿，经济方面可以由学校担负。"傅斯年关于《新潮》创刊的回忆，成为后来研究者重复叙述的材料，他特别提到"我们杂志是由觉悟而结合的"。1918年10月13日，新潮社同人举行第一次预备会议。关于刊物的名称，罗家伦提出了中文刊名"新潮"，徐彦之建议用英文名Renaissance。在《新潮》第1卷第1号，罗家伦为《何为今日世界新潮》一文所加的注释中又对Renaissance做了解释，他不赞成将The Revival of Learning译成"文艺复兴时代"，他觉得Renaissance的语根是"新产"（New Birth），所以他把杂志的中文名称译为"新潮"，这是基于这个词的语根和这个时代的精神。

四十多年后，胡适对《新潮》刊名的立意仍然十分肯定："他们那个刊物，中文名字叫作《新潮》，当时他们请我做一名顾问，要我参加他们定名字的会议——定一外国的英文名，印在《新潮》封面上。他们商量结果，决定采用一个不只限于'新潮'两个字义的字，他们用了个Renaissance。这个字的意义就是复活、再生、更生。在历史上，这就是欧洲文艺复兴的名字。他们这般年青——北京大学最成熟的青年们，在他们看起来，他们的先生们，对于这个运动已经提倡了一两年时间了，他们认为这和欧洲在中古时期过去以后，近代时期还未开始，在那个过渡时期的文艺复兴运动，是很相同的。所以他们用这个Renaissance做他们杂志的名字。”作为顾问的胡适，如此评价他的这些学生们:“四十年来，我一直认为当时北京大学一般学生的看法，是对的。”

1918年11月19日，新潮社正式成立，胡适任顾问。当时的会员二十一位，全是北京大学的学生，会员最多时四十一位，多数会员后来成为“五四运动”的学生领袖或骨干。1918年12月13日，《北京大学日刊》发表《新潮杂志社启事》说:“同人等集合同趣组成一个月刊杂志，定名曰《新潮》。专以介绍西洋近代思潮，批评中国现代学术上、社会上各问题为职司。不取庸言，不为无主义之文辞。成立方始，切待匡正，同学诸君如肯赐以指教，最为欢迎!”周作人于1920年5月加入新潮社，成为唯一的教授会员，并于10月被选为杂志社编辑部主任编辑。此时，多数重要成员出国留学，新潮社日渐衰落。这本定期出版的杂志，因“五四运动”爆发，延后出版了原本于1919年8月出版的第2卷第1号，编辑部特地解释说:因为“五四运动”发生，新潮社社员分担了运动的责任，而北京大学天天在惊风骇浪中，同人不能安心作文办事，所以推迟到10月出版。

在这一期，傅斯年发表《新潮之回顾与前瞻》，编者说这篇文章“代表我们一大部分的意见”。1922年3月《新潮》第3卷第2号出版，这是《新潮》最后一期。

在创刊时，傅斯年他们提出了《新潮》杂志需要坚持的三种“元素”:“批评的精神”、“科学的主义”和“革新的文词”。——这三者应该就是《新潮》的“新潮”，从此，“新文化”和“新文学”又有了新的面貌。

## 二

“今试问当代思想之潮流如何？中国在此思想潮流中位置如何？”这是《新潮发刊旨趣书》开篇振聋发聩之问。

它随后给出的答案是:“国人正在茫茫然，未辨天之高地之厚。”发刊词直指自外于世界潮流的“中国学术”:“其敢于自用者竟谓本国学术可以离世界趋势而独立。夫学术原无所谓国别，更不以方土易其质性。今外中国于世界思想潮流，直不啻自绝于人世。既不于现在有所不满，自不能于未来者努力获求。长此因循，何时达旦？寻其所由，皆缘不辨西土文化之美隆如彼，又不察今日中国学术之枯槁如此；于人于己两无所知，因而不自觉其形秽。"《新潮》是从"中国学术"入手讨论新思潮的。在今天看来，《新潮》同人的观点不无偏颇，但正是由于这样的偏颇才让中国与"当代思想之潮流"相关联，对旧思想旧文化的批判才有了落实。未知者何其多，《新潮》同人以为国人应当知道的是：第一，今日世界文化处于什么阶段；第二，现代思潮的趋向；第三，中国情状与现代思潮的差距；第四，中国以何方式纳入现代思潮。这四个方面大概就是《新潮》启蒙国人的内容和目标。这些青年学生怀抱责任："此四者刻刻在心，然后可云对于本国学术之地位有自觉心，然后可以渐渐导引此'块然独存'之中国同浴于世界文化之流也。"《新潮》同人将此视为本杂志的第一责任。

何为今日世界新潮？罗家伦做了一番论述，他认为俄罗斯革命、奥匈革命和德意志革命是这个新潮的起点；以前的革命是法国式的革命，以后的革命是俄国式的革命；前者是政治革命，后者是社会革命。也在第1卷第1号上，傅斯年发表了呼应罗家伦的文章《社会革命——俄国式的革命》。罗家伦判断：革命以后，民主主义同社会主义，必定相辅而行。罗家伦特地解释了他所理解的社会主义与个人主义的关系，以为社会主义也是同个人主义相关的，而不是反对的，以后的社会主义并不是要以雷厉风行的手腕来摧残一切的个性，乃是以社会的力量来扶助那班稚弱无能的人发展个性——这是罗家伦对现代中国社会道路的预测，他提到的社会主义与个人主义的关系也成为这一百年的“中国问题”。罗家伦自信地说：凡所谓“潮”都是挡不住的，他将欧洲的“文艺复兴”视为“黑暗时代”过后的一个大潮，它酿成了西方今日之新文化，在中国与世界产生关联后，辛亥革命就是十九世纪大潮的余波。傅斯年问道：现在东西交通如是之密，中国还不会把世界的新潮卷去吗？在“五四运动”发生的当天，罗家伦收到溥泉的信件，他在10月18日回信说：中国人的思想有三种毒素——奴性的思想，专制的思想，昏乱的思想；而他们倡导的思想革命大概是——变奴性的思想为独立的思想，变专制的思想为平民的思想，变昏乱的思想为逻辑的思想。

思想革命的资源无疑是新思潮。译介西方学术、重估中国学术和以科学应对中国问题因此成为《新潮》的重要内容。谭鸣谦《哲学对于科学宗教之关系论》解释了何为科学：“科学者，以智力为标准，理性为权衡。”李大钊《联治主义与世界组织》，文章开篇便说“解放”：“现在的时代，是解放的时代；现代的文明，是解放的文明。人民对于国家要求解放；地方对于中央要求解放；殖民地对于本国要求解放；弱小民族对于强大民族要求解放；农夫对于地主要求解放；工人对于资本家要求解放；女子对于男子要求解放；子弟对于亲长要求解放；现代政治或社会里边所起的运动，都是解放的运动。”顾诚吾（顾颉刚）《对于旧家庭的感想》循着“根据科学解决社会问题”的思路讨论家庭问题：中国的家庭为什么数千年来没有什么改革？社会专制不许它改；虽受痛苦，不能自觉，觉了也不敢反抗；学者对此没有精心研究。为什么不想改？以为家庭制度很是完备，即有不便，这痛苦是应该受的，无讨论的价值；大家要顾全体面，守了“家丑不可外扬”的法言，受了痛苦，只可自己心里明白。顾认为“自觉心”就是“尊重自己的人格”和“尊重人我自由的范围”，这是“五四”时期新式家庭的观念，核心是“人格”和“自由”。这篇文章也以较大的篇幅谈论家庭中的妇女问题。

我们列出《新潮》一些文章的目录，便可以看出和被诟病的“中国学术”相区别的新学说是什么：谭鸣谦《法理与伦理之本质区别》《现代民治主义的精神》《“德谟克拉西”之四面谈》，罗家伦《舆论的建设》《近代中国文学思想之变迁》《妇女解放》《今日中国之杂志界》《今日中国之新闻界》，朱自清《心理学的范围》，叶绍钧《女子人格问题》《今日中国的小学教育》，俞平伯《我的道德谈》，刘秉麟《经济学上之新学说》《分配问题发端》，陈达材《物质文明》《社会改制问题》，江绍原《最近代基督教义》，毛子水《国故和科学精神》，何思源《近世哲学的新方法》《社会学中的科学方法》《思想的真意》，周作人《访日本新村记》，傅斯年《汉语改用拼音文字的初步谈》《对于中国今日谈哲学者之感念》，胡适《非个人主义的新生活》，蔡元培《美术的起源》，吴康《论吾国今日道德之根本问题》《从思想改造到社会改造》，汪敬熙《什么是思想》，张申府《哲学数学关系史引论》，冯友兰《柏格森的哲学方法》等。译介的有《行为概论》、《推霞》、《逻辑漫谈》、《私刑》、《扇误》、《劳动问题之解决》、《哲学问题》和《男女关系的进化》等，也有《群鬼》（易卜生戏剧）、《相对世界原理》（爱因斯坦）、《世界史大纲》（威尔斯）、《哲学改造》（杜威）和《布尔什维克主义》（罗素）等，周作人也翻译多篇日本文学作品。

新学说新思潮不仅激活了枯槁的中国学术，为日后哲学社会科学的发展奠定了基础，而且更为重要的是，这些新学说新思潮成为中国文化现代转型过程中的“新文化”的一部分。如果离开《新潮》，是无法说清“新文化”的发生和发展的。

## 三

是改造社会，还是建立现代民族国家？《新潮》将社会改造置于重要位置。他们评价中国社会，认同的是“西人的观察”：“中国社会形质极为奇异。西人观察者恒谓中国有群众而无社会，又谓中国社会为二千年前之初民宗法社会，不适于今日。此言是矣。”他们进一步分析说：“中国人本无生活可言，更有何社会真义可说。”社会充斥恶劣习俗、无灵性的人生规律、桎梏行为，宰割心性，置身其中的人犹如犬羊，对生死地位意义茫然无知。这种状况的形成，在《新潮》看来是因为“群众”对学术无爱好心，因而不传谬种，他们要以传播“科学思想”来改造群众从而改造社会。

如此，我们便可以理解《新潮》第1卷第1号头条文章是傅斯年的《人生问题发端》。傅斯年尖锐地指出，中国现在的人生观和历史上的人生学说，多半不是就人生解释人生，总是拿“非人生”破坏人生。傅斯年认为这些观念和学说是“左道”，他逐一批驳了达生观、出世观、物质主义和遗传的伦理观。傅斯年提出了观察和思考人生的五个条件，他最后得出的人生观念是：为公众的福利自由发展个人。个人和个人的自由发展正是“五四”新文化运动中的新思想，“社会—人生—个人”，是一条清晰的线索。在讨论现代社会的人生观时，傅斯年还特地提到了《愚公移山》，他说他的人生观念就是“愚公移山论”，人类的进化吻合了愚公的办法。自古以来的人类，不知不觉地慢慢移除山上的石头土块，人类不灭，山地也渐渐平坦下去。对集结在《新潮》和《新青年》周围或深受其影响的现代知识分子而言，“愚公移山”是一个重要的隐喻。但历史的坡道是不平坦的，因而后来许多知识分子又赋予西方的西西弗神话以中国式的内涵和象征意义。

既然将以新思潮改造社会放在重要位置，那么《新潮》不可避免地对诸多社会问题做出批判，因而有了《评坛》这一栏目。这个栏目的文章通常很尖锐，比如：《心气薄弱之中国人》、《中国文艺界之病根》、《自知与终身之事业》、《社会—群众》、《社会的信条》、《破坏》和《打破中国神怪思想之一种主张》等。在设立《评坛》这一栏目时，编辑部用了一段文字说明《评坛》专门批评社会上的情形与学术界的事理。罗家伦以杂志“记者”身份主笔的这段文字生动活泼：

> 有几位说：“你们都是学生，‘入世未深’，如何可以批评社会的现象呢？况且你们在求学的时代，自己的学问还没有求够，如何可以批评学理呢？”记者说：“对对！我们所以设评坛的道理，正是为了你所说的缘故！因为我们‘入世未深’，所以还有几分没有与社会同化。而且不知世路艰险，所以还敢放大胆子，以第三者的眼光，说几句‘局外话’，‘世网’如何也都不管。说得不错，就望社会加以采择，说错了，就望社会加以匡正……至于我们在求学时代不配批评学理，我们也是承认的，但是近来中国学问界异常寂寞，对于世界上的新学理几乎一无知闻，就是对于一切不合真理、早经世界上大学问家驳倒了的学说，还是‘奉如瑰宝’‘视若家珍’，你说可怜不可怜呢？现在名流学者都无暇顾及此，他们只是做他们的名流学者去了！”

这里的“有几位”可称为“长者”,“学生”和“长者”的这番对话，几乎可以视为一个世纪性的“寓言”。学生就是学生，罗家伦说他们现在就“放肆”了。后来傅斯年在和鲁迅的通信中也提到了这一点。

社会问题讨论多了，就有可能靠近政治而离开思想文化，《新青年》和《新潮》的一部分人创办《每周评论》便是这一变化的反映。罗家伦对此的解释是:“那时候这一班主张文学革命的教授和学生，更觉得批评和研究当代政治社会问题的重要。于是又合办了一个小型周刊，叫《每周评论》，专以短小精干的文字，讨论国际国内的现实问题。这是一个当时很有力量的刊物，风行一时。”许多年后，胡适回忆说:“在民国六年，大家办《新青年》的时候，本有一个理想，就是二十年不谈政治，二十年离开政治，而从教育思想文化等等非政治的因子上建设政治基础。但是不容易做得到，因为我们虽抱定不谈政治的主张，政治却逼得我们不得不去谈它。民国六年第二学期陈先生来到北大，七年陈先生和李大钊先生因为要谈政治，另外办了《每周评论》，我也不曾批评它，他们向我要稿子，我记得我只送了两篇短篇小说的译稿去。”《新青年》的分歧在后来也影响了《新潮》同人的道路。

## 四

文学革命与思想革命的相互激荡，是“五四”新文化的一大特征。《新潮》杂志在这个意义上留下了新文学发生的痕迹。

在罗家伦看来，他当初是和傅斯年等好几位同学抱着一股热忱，要为“文学革命”而奋斗，《新潮》是这个时代中公开主张“文学革命”的第二个刊物。他们不但主张，而且彻底实行以近代人的语言来代表近代人的意思，所以全部用语体文而不登载文言文。罗家伦在《今日中国之小说界》中猛烈抨击了小说界之三派：第一派是“罪恶最深的黑幕派”，当年的《孽海花》略好一些，今日的黑幕小说则是胡闹罢了；第二派是“滥调四六派”，他举了徐枕亚的《玉梨魂》；第三派是“笔记派”，其源流是明清笔记小说，大毛病是“无思想”。在回忆《新潮》与“文学革命”的关系时，罗家伦说：“在三十年前的中国，这一切的一切，是何等的离经叛道，惊世骇俗。我们主张的轮廓，大致与《新青年》主张的范围，相差无几。其实我们天天与《新青年》主持者相接触，自然彼此之间都有思想的交流和互相的影响。不过，从当时的一般人看来，仿佛《新潮》的来势更猛一点，引起青年们的同情更多一点……到了民国八年上半年，文学革命运动已经扩大为新文化运动，等到‘五四运动’的巨浪发生，更把它澎湃至全国每一个角落，这股伟大的思潮，在许多方面很像是十八世纪后期由德国开始，以后弥漫到全欧的‘启明运动’。”

罗家伦所说的“语体文”便是“白话文”。傅斯年著名的《怎样做白话文》中关于白话文与新文学的关系，也是当时的一般之论，但傅斯年在“白话文”与“人的”文学之间找到了联系：“我们所以不满意于旧文学，只为它是不合人性、不近人情的伪文学，缺少‘人化’的文学。我们用理想上的新文学代替它，全凭‘容受人化’一条简单道理。”傅斯年的文学观是启蒙主义的文学观：“能引人感情，启人理性，使人发生感想的，是好文学，不然便不算文学；能引人在心上起许多境界的，是好文学，不然不算文学；能化别人使人忘了自己的，是好文学，不然便不算文学。所以，文学的职业，只是普遍的‘移人情’，文学的根本只是‘人化’。”如何“人化”？参照者是“西洋近世的文学”：“所以我们对于将来的白话文，只希望它是‘人的’文学。但是这道理说来容易，做去便觉得极难。幸而西洋近世的文学，全遵照这条道路发展，不特它的地方是求合人情，就是它的一言一语，一切表词法，一切造作文句的手段，也全是'实获我心'。我们径自把它取来，效法它，受它的感化，便自然而然地达到'人化'的境界，我们希望将来的文学是'人化'的文学，须得先使它成欧化的文学。就现在的情形而论，'人化'即欧化，欧化即'人化'。"傅斯年好像意识到这样说有些极端，因而用了"就现在的情形而论"这样的限定。

《驳胡先骕君的中国文学改良论》是罗家伦当年的一篇檄文。在罗家伦心中，文学是什么？他在《什么是文学》中做了若干点界说：文学是人生的表现和批评；最好的思想；想象；感情；体裁；永久。罗家伦对文学的最终界说是：文学是人生的表现和批评，从最好的思想里写下来的，有想象，有感情，有体裁，有合于艺术的组织；集此众长，能使人类普遍觉得它是极其明了极有趣味的东西。三十年以后，罗家伦回忆当年《新潮》的文学主张时，似乎更深入了：我们主张文学主要的任务，是人生的表现与批评，应当着重从这个方面去使文学美化和深切化，所以我们力持要发扬人的文学，而非非人的与反人性的文学。我们主张学术思想的解放，打开以往传统的束缚，用科学的方法来整理国故。我们把这种主张推广到传统的社会制度方面，而对固有的家族制度和社会习惯加以批评。我们甚至于主张当时最骇人听闻的妇女解放。《新潮》的政治彩色不浓，可是我们坚决主张民主，反封建，反侵略。我们主张我们民族的独立与自决。总而言之，我们深信时至今日，我们应当重定价值标准，在人的本位上，以科学的方法和哲学的态度，来把我们固有的文化，分别地重新估价。

用今天的话说，《新潮》是本包含文学在内的大文化刊物。我们在《新潮》读到的小说有：汪敬熙的《雪夜》《谁使为之》《一个勤学的学生》《一课》，欧阳予倩的《断手》，杨振声的《一个兵的家》《贞女》，俞平伯的《花匠》，叶绍钧的《春游》，鲁迅的《明天》等；诗歌有：胡适的《十二月一日到家》《关不住了》《商山》，叶绍钧的《"雪"七年十二月二十日》，顾诚吾的《悼亡妻》，俞平伯的《冬夜之公园》，康白情的《雪后》《棒子面》《先生和听差》《车行郊外》，傅斯年的《前倨后恭》《心悸》《心不悸了》，以及罗家伦的《天安门前的冬夜》等。这些作品多数没有成为现代文学史上的经典之作，但他们开风气之先，仍然是我们回溯那段文学史需要提及的一种现象。

## 五

两代新式知识分子围绕《新潮》的互动，也是一百年后需要关注的一个话题。且不说蔡元培的护卫，陈独秀的助力，胡适的顾问和李大钊、周氏兄弟的参与这些具体细节，他们在思想上一度时间的契合，似乎也是现代中国难得一见的故事。

1919年7月，蒋梦麟代理蔡元培的校长职务，偕学生会代表张国焘从北京坐火车前往上海。在北京大学，蒋梦麟第一次见到了傅斯年和罗家伦。他对这两位北大“五四”健将的印象是：“不但善于谋略，而且各自舞着犀利的一支笔，好比公孙大娘舞剑似的，光芒四照。他们约好了好多同学，组织了一个新潮社，出版了一种杂志，叫作《新潮》，向旧思想进攻。”在这之前，有人造谣，说傅斯年接受某烟草公司的津贴，这家烟草公司又有日本股份。在全国反日的情势下，说傅斯年拿烟草公司的股份，当然是想毁掉傅斯年。蒋梦麟在上海看到报纸上的消息，便写信给傅斯年，表达安慰之意。两人首次见面，肥胖的傅斯年穿了一件蓝布大褂，高谈阔论了一番“五四运动”的来踪去迹。许多年以后，蒋梦麟长北京大学，傅斯年任所长的中央研究院史语所也由南京迁至北平，两人常常见面。蒋梦麟回忆说，“九一八事变”后北平多事之秋，他的“参谋”就是胡适之和傅斯年，事无大小，都就商于两位。

鲁迅既是《新青年》也是《新潮》的作者。第1卷第5号刊载了鲁迅和傅斯年的通信，鲁迅对《新潮》用心之细致令人惊叹。傅斯年曾致信鲁迅肯定《狂人日记》，鲁迅回复《对于〈新潮〉的一部分意见》。鲁迅回信中提的问题非常具体："《新潮》每本里面有一二篇纯粹科学文，也是好的。但我的意见，以为不要太多，而且最好是无论如何总要对于中国的老病刺它几针。"谈到《新潮》的文学作品，鲁迅中肯地指出："《新潮》里的诗写景叙事的多，抒情的少，所以有点单调。此后能多有几样作风不同的诗就好了。翻译外国的诗歌也是一种要事，可惜这事很不容易。""《新潮》里的《雪夜》《这也是一个人》《是爱情还是苦痛》（起首有点小毛病）都是好的。上海的小说家梦里也没有想到这个。这样下去，创作很有点希望。《扇误》译的很好，《推霞》实在不敢恭维。"傅斯年致信鲁迅，夸《狂人日记》，鲁迅也因此回应说："《狂人日记》很幼稚，而且太逼促，照艺术上说是不应该的。来信说好，大约是夜间飞禽都归巢睡觉，所以单见蝙蝠能干了。我自己知道实在不是作家，现在的乱嚷，是想闹出几个新的创作家来——我想中国总该有天才，被社会挤到在底下——破坏中国的寂寞。”傅斯年、罗家伦都说到“中国的寂寞”，而鲁迅的“破坏中国的寂寞”便是铁屋中的呐喊。

傅斯年回复鲁迅这封信时，直接表明采纳鲁迅关于科学文的意见，说“此后不有科学文则已，有必不免发议论”。傅斯年也赞成鲁迅对《新潮》诗歌和部分小说的评价，他还重申了他对《狂人日记》的评价，“《狂人日记》是真好的，先生自己过谦了”。对于鲁迅说到的闹出几个新的作家来破坏中国的寂寞，傅斯年进一步回应说：“先生想闹出几个新的创作家来，实在是我们《新潮》创立的目的了。平情而论，我们正当求学的时代，知识才力都不充足，不去念书，而大叫特叫，实在对不起自己。但现在的中国是再要寂寞没有的，别人都不肯叫，只好我们叫叫，大家叫得醒了，有人大叫就是我们的功劳。有人说我们是夜猫，其实当夜猫也是很好的；晚上别的叫声都沉静了，乐得有它叫叫，解解寂寞，况且夜猫可以叫醒公鸡，公鸡可叫明了天，天明就好了。所以，人家骂我们‘胆大妄为’，正是我们的长处；所谓‘日月出而爝火息’，正是我们要求的命运。——但是日月一时不出，爝火总不令它一时息去。”

在《新潮》创刊四十多年后的一次演讲中，胡适仍然以欣慰的心情高度评价他的这些学生们："'五四'的前一年（'五四'是民国八年），在民国七年的时候，北京大学一班学生，一班高材学生，已经成熟的学生，里面有傅斯年先生，有罗家伦先生，有顾颉刚先生，还有很大的一群——也不能说是很大的一群，只可以说是北京大学那个时候最成熟、最高材、最有学问、有知识、有见解的那一班学生，他们响应他们的先生们，北京大学一班教授们，已经提倡了几年的新文艺新思想，也就是所谓的文艺革命、思想革命。他们办了一个杂志，那个杂志我今天早上已经说明白。"胡适甚至认为，《新潮》杂志，在内容和见解两方面都比他们的先生们办的《新青年》还成熟得多，内容也丰富得多，见解也成熟得多。他说在当时大学生刊物当中，在世界学生刊物当中，《新潮》都可以说是个很重要的刊物。

先生哺育了学生，先生是思想领袖，学生则成为"五四运动"的健将。在"五四"当天，罗家伦一气呵成《五四宣言》。不久，罗家伦在第二十三期的《每周评论》发表《五四运动的精神》，首次命名了"五四运动"。罗家伦回忆这篇文章时说：当"五四运动"最激烈的时候，大家都在高叫"爱国""救国"的声浪，我就以为我们"五四运动"的真精神并不在此，我声明我们的运动的价值并不仅在于“外争国权，内除国贼”（其实这两句话，是在我“五四”早上所作的宣言中造成的），我们运动的实在价值之所托，在乎三种精神。这三种真精神就是中国民族存亡的关键。所谓三种精神是：学生牺牲的精神、社会制裁的精神、民众自决的精神。

我们未必完全认同罗家伦对“五四”精神的概括，当他多年以后重新阐释自己的主张时，已经受到现实语境的影响，但他的这番解释也成为研究“五四运动”的一条线索。新潮社的成员在后来也选择了各自的道路，并且具有不同的政治倾向，如果说这也是一种分化，那么显然无法与《新青年》比拟。新潮社的成员，似乎更倾向于胡适的主张，多数人后来都走上了学术道路。但无论如何，他们中的多数人仍然心系学术，这与他们当年试图革新中国学术的初衷也无大的矛盾。

罗家伦在1920年5月《一年来我们学生运动的成功失败和将来应取的方针》中已经有了思想的转向，他认为专门学者的培养，实当今刻不容缓之图。罗家伦书：“我常常愤闷起来的时候想道：若西洋人骂我们是劣等民族，我简直无法否认。你看现在的中国哪里有一种学问配在世界上说话；说到这里，我们中国人连印度人都不如呢！所以现在最要紧的，就是要找一班能够造诣的人，抛弃一切事情都不要问，专门去研究基本的文学哲学科学。世界愈乱，愈要求学问。现在大家是分工的时候，不是万能的时候了！我以为中国的社会固然是毁坏学者；而我们现在的行为，也是同样毁坏学者。”他以他的个人经验为例：天性是在求学方面比事务方面见长，好不容易辛辛苦苦读了几年书，而去年一年以来，忽而暴徒化，忽而策士化，忽而监示，忽而诽谤，忽而亡命……如果用这样的心血完成想译的三五部书，那么对于中国的文明比之现在有何等贡献？想到这里，罗家伦说他“偶一回头，为之心酸”。他将来采取的方针是：“总之，我们做文化运动的最后觉悟，是要知道现在中国没有一样学问，可以在世界上占得位置的；无基本文化的民族，在将来的世界上不能存在的。”

1920年8月1日，已经负笈英伦的傅斯年给胡适写了去国后的第一封信。“近来很不想做文章：一来读书之兴浓，作文之兴便暴减；二来于科学上有些兴趣，望空而谈的文章便觉得自惭了；三来途中心境思想觉得比以前复杂，研究的态度稍微多些，便不敢大说冒失话；四来近来觉得心里边的extroversion的趋向锐减而introversion之趋向大增，在此不免有些懒的地方。”由傅斯年说的这四点，也可知《新潮》的停刊是必然的。

就在致胡适的这封信中，傅斯年提到了俞平伯。这位俞平伯同学抵英两周后忽然回国，傅斯年担心俞平伯是“精神病”，赶到马赛截他，才知道他回国的原因是想家。俞平伯归国后“输入新知”的机会虽断，“整理国故”的机会未绝，傅斯年认为俞平伯“中国文先生的毒不浅，无病呻吟的思想极多”，误于国文，一成文人“便脱离了这个真的世界而入一梦的世界”。所以，傅斯年跟他们的老师胡适先生说：“平伯回国敢保其不坠落，但不敢保其不衰枯。”在傅斯年看来，西方的新知是何等的重要。所以，他担心俞平伯离开“新潮”后的“衰枯”：“当时有《新潮》一班人，尚可朝夕相供，现在大都毕业，零散不少。如果先生们对他常常有所劝勉，有所导引，他受益当不会少的。否则不免可虑。”

《新潮》最终散了。新潮还在。离开新潮会不会衰枯的问题还在。

## 六

在《新潮》第1卷第1号傅斯年与罗家伦的文章之间，有一页刊载了一则不见于杂志目录的寓言。这则寓言说：

> 一个家里放的蜡制神像，无意间被人放在一块火的旁边；这火是用来烧坎盘细磁的，蜡神被火热着，渐渐的化了。
>
> 蜡神大骂这火道："看！你这样虐待我！对于那些东西，你成就他，你却破坏我来。"
>
> 这火回答道："你没得可怨，除非你怨你自己的性质。说到我，我是火，永远这样，到处这样的。"

《新潮》其实就像一把火，它烧毁了神像。

# 跋

《日常的弦歌》是《钟山》同名专栏文章的结集，在付梓之前增加了一篇。

“西南联大”在今天已经不是一个陌生和空洞的名字，它确实成了传奇，传奇中的许多人物也成了传奇。写这个专栏时，我有些犹豫，学界和文学界同人关于西南联大的研究成果丰硕，我能不能写出点新意？想到了“日常的弦歌”这个专栏名字后，我感觉或许能够写出自己的西南联大，因而无问西东写了下去。我们通常会把“弦歌”与“日常”分离，但在阅读和理解西南联大时，我意识到西南联大的“弦歌”

是在“日常”中生长出来的。如是，我更愿意在困境、欢愉、黑暗、光明、约束、任性、革命、保守、崇高和卑微等这些日常生活的肌理中去叙述“西南联大”和生活在其中的人物。

在写作这些文章时，我有时空错落的感觉。我在长沙、昆明访问过与西南联大相关的遗址，也凭吊过闻一多先生殉难处。我有时会觉得自己在路上遇见朱自清先生了，我停下来喊他朱先生，他不认识我，朝我笑笑。在读《联大八年》时，我在想要不要给哪个学生杂志投稿。老舍到联大讲座了，是闻一多先生主持的，我应该去抢个位置。苏州也有定胜糕，我想告诉在街上摆摊的梅贻琦夫人，你做的糕点滋味和苏州的有什么不同。在阅读和写作中，我似乎回到了西南联大的日常生活。

定胜糕里通常会加桂花糖。昆明的桂花比苏州的开得早，但我没看到梅夫人采撷桂花的记载，那个时期也应该少有保存经年的桂花。秋天的苏州也是桂花飘香，但今年秋季炎热，桂花至今尚未开出来。我闻到桂花的香味还是在亳州，那地方是中原了。在反常的季节中写这篇跋，我还开了空调。《日常的弦歌》责编魏玮发来微信说，她已经配好插图了，第一张是西南联大校门的照片。真好，再过些时日，我打开自己的书，就可以从那个“校门”进入西南联大了。

王　尧

辛丑年重阳节

## 参考书目（以出版先后为序）

/

1. 朱金顺编,《朱自清研究资料》，北京师范大学出版社，1981年8月出版。

2. 郭良夫编,《完美的人格：朱自清的治学和为人》，生活·读书·新知三联书店，1987年7月出版。

3. 冯尔康、郑克晟编,《郑天挺学记》，生活·读书·新知三联书店，1991年4月出版。

4. 清华大学校友总会编,《清华校友通讯丛书：校友文稿资料选编》，清华大学出版社，1991年—2017年出版。

5. 闻一多著，孙党伯、袁謇正编,《闻一多全集》，湖北人民出版社，1993年12月出版。

6. 刘培育编,《金岳霖的回忆与回忆金岳霖》，四川教育出版社，1996年7月出版。

7. 朱自清著、朱乔森编,《朱自清全集》，江苏教育出版社，1998年3月出版。

8. 钱穆著,《八十忆双亲·师友杂忆》，生活·读书·新知三联书店，1998年9月出版。

9. 北京大学、清华大学、南开大学、云南师范大学编,《国立西南联合大学史料》，云南教育出版社，1998年10月出版。

10. 南开大学历史系、北京大学历史系编，《郑天挺先生百年诞辰纪念文集》，中华书局，2000年6月出版。

11. 蔡仲德著，《冯友兰先生年谱初编》，河南人民出版社，2001年1月出版。

12. 冯友兰著，《三松堂自序》，人民出版社，2008年1月出版。

13. 西南联大北京校友会编，《我心中的西南联大》，清华大学出版社，2008年9月出版。

14. 许渊冲著，《联大人九歌》，云南人民出版社，2008年10月出版。

15 封越健、孙卫国编，《郑天挺先生学行录》，中华书局，2009年7月出版。

16. 易社强著、饶佳荣译，《战争与革命中的西南联大》，传记文学，2010年4月出版。

17. 西南联大《除夕副刊》编，《联大八年》，新星出版社，2010年6月出版。

18. 姜建、吴为公编，《朱自清年谱》，光明日报出版社，2010年11月出版。

19. 中国社会科学院近代史研究所中华民国史研究室编，《胡适来往书信选》，社会科学文献出版社，2013年7月出版。

20. 费正清著、熊文霞译，《费正清中国回忆录》，中信出版社，2013年8月出版。

21. 王汎森等编，《傅斯年遗札》，社会科学文献出版社，2015年1月出版。

22. 何兆武口述、文靖执笔，《上学记》，人民文学出版社，2016年3月出版。

23. 李宗刚、谢慧聪编，《杨振声研究资料选编》，山东人民出版社，2016年7月出版。

24. 蒋梦麟著，《西潮·新潮》，新星出版社，2016年10月出版。

25. 任继愈著，《自由与包容：西南联大人和事》，江西教育出版社，2017年5月出版。

26. 郑天挺著，《郑天挺西南联大日记》，中华书局，2018年1月出版。

27. 梅贻琦著，《梅贻琦西南联大日记》，中华书局，2018年5月出版。

28. 韩咏华、梅贻宝、梅祖彦著，《天南地北坐春风：家人眼中的梅贻琦》，石油工业出版社，2018年9月出版。

29. 冯友兰著，《我与西南联大》，石油工业出版社，2018年9月出版。

30. 梅贻琦著，《抗战前后之清华》，石油工业出版社，2018年9月出版。

31. 闻一多、浦江清著，《回忆与感想·西行日记》，石油工业出版社，2018年9月出版。

32. 张伯苓著，《我们要振作起来：张伯苓西南联大时期文选》，石油工业出版社，2018年10月出版。

33. 龙美光编，《民国书刊上的西南联大记忆》（全九册），云南人民出版社，2018年12月出版。

34. 张昌山编，《〈今日评论〉文存》（全十册），云南人民出版社，2019年4月出版。

35. 张昌山编，《〈民主周刊〉文存》（全五册），云南人民出版社，2019年4月出版。

36. 张曼菱著，《西南联大行思录》，生活·读书·新知三联书店，2019年6月出版。